ゆまに書房

目次

注釈・解説　唐沢俊一

ふろく　ソルボンヌK子の貸本少女漫画劇場

カバー絵　松本昌美
さし絵　内田雅美
カバーマーク　ソルボンヌK子

少女小説
愛の讃歌

三人の仲《なか》よし

初夏が、めぐってきて、山に野に町に、光《ひか》りをみなぎらす。

木も草も花もよろこびにかがやく。

初夏は、まばゆい光《ひか》りの天使である。

香《かお》りのたかい新茶をつむ茶つみむすめの、しなやかにうごく、手さきにも初夏がきた。

うすみどりの苗《なえ》が、そよそよと、風にふかれる、かげうつす水田にも初夏がきた。

岩かげの銀の香魚《あゆ》が、岩にくだけてながれる谷川に、ひらめく銀にも初夏がきた。


郊外の木が青くしげった森のなかに、ひろい校庭が初夏の日にあかるく、校舎がたっていた。

ガラス窓が、たくさんあって、窓から日がさすので、どの教室もあかるい。

校門のふとい柱に、大きい木ふだがかかっている。

「明光学院《めいこうがくいん》、高等女学校*」と、筆《ふで》ぶとに書いてある。

校庭には、生徒たちのつくった花畑があって、色さまざまの花が、色と香《かお》りをきそっている。

初夏は、このあかるい高等女学校にもきた。

生徒たちの心にも、微笑《ほほえ》みをもってきた。

いかにも初夏らしい日曜日であった。

青く晴れた空に、羊《ひつじ》の毛のような白い雲が、きらきらとかがやいて、日の光のなかを、しずかな住宅地の道をあるいていく、二人の女学生があった。

肩をならべてあるいてゆく。

仲《なか》よしの清子《きよこ》が、五日の運動会に、クラスからえらばれて、三百メートルの徒競走《ときょうそう》にでて、一着であった。

そのときのことではなく、長いあいだの練習のために、からだのむりをしたために、運動会から五日ほどたって、むねがいたんだ。

夜になって、熱がでて、息ぐるしくなって、はく息も、すう息も、むねがくるしかった。

「すぐにきてください。」

かかりつけのお医者に、電話でたのむと、葉山《はやま》医師はかけつけて、すぐに診察《しんさつ》をした。ていねいに、むねをみてから、清子のお母さんに、

「右のろ*く、ま、く、がわるいようです。安静《あんせい》にしていて下さい。」

「食べものは、どんなものを。」

「熱がありますから、お口にあうものを。」

「病気は、すすむでしょうか。」

「今のところ、くすりと手あてで、病気の力を、くいとめることができましょう。」

「ありがとうございました。」

お母さんは、安心して、清子に、

「今のところは、安心ですけど、わがままをしてはいけませんよ。」

「いやな、お母さん、あたし、病気がなおるなら、にがいくすりでもがまんするわ。ね、葉山先生、早くなおるなら、どんなにがいくすりでものむわ。」

先生と、お母さんは、顔を見あわせてわらった。

三日ほど日がすぎると熱がたかくなって、これでは、病気がわるくなるかと、お母さんは気がかりであった。

その熱も、五六日つづいて、それからは、うす紙をはぐように、よい方《ほう》にむかっていった。

春美《はるみ》は、チョコレートの小箱をもっていた。

英子《ひでこ》は、紙にくるんだ白ばらの花たばをもっていた。

陸上競技があってから、二ヶ月あまり、ずいぶんよくなって、起きていたが、だいじに養生《ようじょう》をしたので、今は、すっかりもとの清子の、あかるい顔になっていた。

春美と、清子があるいていくと、むこうから一人の青年があるいてきた。

頭のかみの毛を、鳥のすのような、もじゃもじゃとしていて、*寛衣《かむこ》をきている。油絵の絵《え》のぐがついて、よごれていたので、絵かきということは、一目《ひとめ》でわかった。

春美が、英子にささやいた。

「絵かきさんのたまごね。」

「おたまじゃくしかもしれない。」

「だけど、なぜあんなに、毛をのばして、もじゃもじゃしておくの。」

「びんぼうだから、床屋《とこや》へいくことができないのよ、きっと。」

「そうね、ちがいない。」

「ふけがたまるでしょう。」

「しらみが、たまらなければいいが。」

「あんなふうにしているのは、天才だからかしら。」

わる口をいっていたが、近づくと、美しさを絵にかきあらわそうとするような、たのもしい絵かきのように思われた。

かれは、ほほえんで、立ちどまって、春美と、英子を、じっと見ている。その目には、清らかなものがあった。

かれは、まだ、ほほえんでいた。

「清子さんの、お友だちでしょう。」

「わたしたち、三人の仲《なか》よしなの。」

「あそびにいらっしゃるのでしょう。」

「どうしてごぞんじ。」

「さっき、清子さんの家をたずねて、清子さんと話してきたからです。」

「お手紙もらったからなのよ。」

「そうですか。ぼくは、清子のいゝとこの吉田一郎《よしだいちろう》です、清子さん、病気がなおって、とても元気で、あなたがたがいけば、話して話して、日がくれてしまいますよ。」

吉田は、そういって、清子とおなじく、仲《なか》よしだった、あかるい少女たちと思って、

「清子さんに、頼みますが、あなた方《がた》に、お願いしたいことがあるのです。」

「できることでしたら、よろこんでいたします。」

「もろろん、できることであります。」

吉田一郎は、わかれのあいさつをして、あるいていったが、

「清子さんと、あの二人と多摩川《たまがわ》へ、いっしょにいって、あの美しい風光《ふうこう》のなかでかきたい。」

一郎は、ふりかえって、二人のうしろ姿を見て、

「三人とも、かたくならず、いきいきしているから、モデルには、おあつらえむきだ、ありがたい。」

一郎は、すっかり三人に心をひかれていた。

「力をこめてかいて、秋の展覧会《てんらんかい》に、特賞《とくしょう》になろう。」

一郎のむねに、あたらしい望《のぞ》みがわきあがった。

吉田は、また、考えつづける。

「戦争にまけた日本には、あたらしい美が、なければならない。三人たちをかいて、今の少女のけがれない美をあらわさなければならない。」

春美も、英子も、吉田のことを、知らないうちは、よく思わなかったが、あとでは、好意《こうい》がもてるようになった。

「清子さん、すいぶん、よくなったのね。あの手紙のとおりね。」

清子の手紙には、つぎのように書いてあった。

「三つの花のうちで、一つの花がしおれてしまったの。二ケ月あまり、しおれたまま、かわいそうね。

それで、天の光《ひか》りと、水をすって、清子の紅《べに》は、いきかえったの。ゆうべ、いいゆめ見たのよ、金の美しい鉢《はち》があらわれたの。きらきらと、宝石がちりばめてあって、目がくらむようだったわ。

ところが、その鉢の足が、三本あるはずなのに、一本しかないの。どうしたらいいときいたら、どこかで、花の精《せい》の声がして、春美さんと、英子さんが、あそびにくればあげるって。」

この手紙もらったとき、春美も英子もわらってしまった。清子らしい手紙であったから。

二人は、それから、しばらくあるいていったが、春美がいった。

「あの屋根が、清子さんの家よ。」

「洋館《ようかん》ね。」

「あ、あ、すべりのある屋根、いいかたちね。」

春美は、家のことに、興味をもっていた。

洋館《ようかん》がすきであった。

「アメリカの中流の家は、あんな家ですってね、お父さんが、アメリカの大学を修了なさったということよ。」

「なかの家具や、かざりだなは、きっとりっぱなものでしょう。」

「ええ、いい趣味で、頼んでつくってもらったらしいの。」

「目だたぬ色でぬってあるのね。」

「ええ、そうよ、ああゆう趣味、あたしすき。」

春美と英子が、気のきいた洋館《ようかん》の戸口にきて立ちどまった。

山本啓介《やまもとけいすけ》と、門にかけてある、むらさきの竹の名ふだにほってあった。

白くぬったベランダがあって、青いつたがからんで、白と青とが、たがいをうきたてていた。

ベルをおすと、兄さんが、戸をあけて、春美と英子の、あかるい顔が、花の二つならんでいるようで、

「さあ、春美さん、あがってください。」

英子は、はじめてあったので、なにもいわずに頭をさげた。

二人は、靴《くつ》をぬいであがると、兄さんが、

「さあ、こちらへ。」

応接室《おうせつしつ》にはいった。大きなテーブルがおいてあって、椅子《いす》はまとめて、わきに片づけてあった。

窓に、クリーム色のレースのカーテンがかかっていて、初夏の外光を、やわらかにおちつけている。

「おちつきのある部屋ね。」

「大井英子さんよ。」

「御芳名は存じておりました。ぼくは清子の兄、幸一です。」

「清子さん、ずいぶんよくなったそうですね。ここへくる道で、従兄《いとこ》さんの美術学生にききましたの。」

「あ、吉田君です。ずいぶんよくなりました。たいてい起きています。」

春美は、英子に顔をむけて、

「よかったわねえ。うんと話せるわ。」

「ええ、安心したわ。」

おくから清子の声がきこえてきたが、元気な声であった。

「兄さん、清子のお友だち。」

「春美さんと、英子さんだ。」

清子の声よりも、兄さんの声は大きい。

「うれしい、早くいらっしゃい、兄さんが話していちゃだめよ。」

幸一はわらって、

「あのとおりだだっ子ですよ。たいくつしているからやむをえない。」

清子の部屋へはいると、一目《ひとめ》で清子が元気なことがわかった。清子はよろこんで、

「うれしいわ、よくきてくださった。」

木の芽のようにいきいきしていた。

「全快よ、でもね、肋膜炎《ろくまくえん》なんて、およそ不景気《ふけいき》の病気だわ。へたをすると肺《はい》をやられて、血*をはいて泣くほどとぎすさ。それから、さよなら、天国でお目にかかりましょうだ。」

「いつから学校へくるの。」

「あなたの席あいていると、歯がぬけたみたいよ。」

「五日ばかりしてからよ。お許しはでているの。」

「気をつけなさいよ。」

「ぶり返すとたいへんよ。」

春美は、小箱をおいて、

「これチョコレート、舌がとけないように。」

英子は小机の上に白ばらをのせて、

「白ばらは香《かお》りがたかいから、においをかいで鼻をいためないように。」

「すてき、すてき、チョコレートと白ばら、とても考えがいいわ。*サンキュウ・ベルマッチ。これをおいしくたべて、白ばらの花をたのしむとは、幸福のなかにいるのね。ありがたいプレゼントだわ。」

三人は、それから話をしたが、学校のこと、先生のこと、学課《がっか》のこと、友だちのこと、まゆから糸をとりだすように、話のたねはつきなかった。

春美がふと思いだして、

「あ、そうだ、ここへくる道で、いとこさんでしょう、ふとしたことで話したの。」

「吉田一郎という名まえだわね。」

「ええ、一郎さんは、去年、美術学校をでたのよ、前途《ぜんと》があるからというわけで、お父さんが、絵具《えのぐ》や、筆《ふで》などが、いる時《とき》には買ってあげてるの。」

そこへ幸一が、おぼんの上に、コーヒー茶《ちゃ》わん三つと、洋菓子《ようがし》三つをのせてきて、

「おそくなってすみません。」

幸一が、小机の上におきそうになったので、春美がたちあがって、受けとろうとすると、幸一は小机の上において、

「コーヒーがのこりすくなかったので、駅の近くの店へいって買ってきたもので。」

「わざわざ買いにいらっしゃらなくてもよかったのに。」

「いいえ、ぼくも飲みたいからです。それに、コーヒーのいれ方《かた》は、天下一品《てんかいっぴん》で、たいていのいれ方《かた》はなっていないのです。」

「兄さんのコーヒーじまんをきいていると、日が暮れてしまうわ。お父さんの受けうりよ。アメリカでおいしいと評判されているコーヒーをのんだのよ。お父さんも、コーヒーいれるの、兄さんよりもじょうずよ。」

幸一は、頭をかいて、

「一本やられた。清子にばらされちゃった。それで、日本にはじめてコーヒーが……」

「もうたくさん、三人で話すこと、山ほどあるの。」

「おおせのとおり、わがまま王女にしたがわないと、利休《りきゅう》ねずみの雨がふるとたいへん、くわばら、くわばら。」

みんなわらった。

幸一は、しかつめらしい顔つきで、

「そもそも、コーヒーなるものは、熱いうちにのまなくてはいけないのです。」

清子は、手をふって、

「もうたくさん、耳がいたくなるわ。」

「まあ、まあ、ちょっと待ってください。さめたコーヒーは、七十パーセント味がなくなるから、さめないうちに、めしあがれ。」

「もうたくさんよ。二どくりかえさせないでよ。」

コーヒーは、熱くて、くちにつけると、いい香《かお》りがした。すすると、味はよかった。

「お父さんにきいてつくっただけあるわ。」

「そうでなくちゃいれられないわ。」

三人は、うけ皿といっしょに手にとって味わっていた。

清子がいった。

「はじめて、コーヒーをのんでもいいって、お許しがでたとき、とてもうれしかったわ。」

「そうでしょう。さっぱりするものね。」

「ええ、あんなおいしかったことなかったわ。」

「よくわかるわ。」

清子は、ねんをおすように、

「今日は、ゆっくりあそんでいってね、兄さんと、二人きりなの。」

「お父さんは。」

「いそがしいので、夜おそくかえっていらっしゃるわ。」

「お母さんは。」

「銀座《ぎんざ》に買いものにいらしたの。」

「そんなら、ゆっくりあそぶわ、日曜日ですもの。」

清子は、二人がきてくれたので、学校を休んだことは、風に吹かれてきえていく雲のようであった。

「早くなったのは、お医者のくすりもきいたし、注射《ちゅうしゃ》もきいたが、愛のこもった手で、お弓《ゆみ》さんがよくかん病《びょう》してくれたからなの。」

「よい人のようね。」

「ええ、そうよ。今、家にいるわけだけど、わたしがなおったから、ふるさとの村へかえって、からだを休めているの。」

「お弓さんの話をきかしてよ。」

「ききたいわ。」

「ええ、じゅんだてて話すわ。」

お弓《ゆみ》さん

「お弓《ゆみ》さんは、十八で住みなれた村をでてきたの。看護婦《かんこふ》になりたいという望みであったの。おなじ村で仲《なか》よしだった光子《みつこ》が、中野《なかの》の駅に近い白ばら会*にいたわけよ。

それを頼って東京《とうきょう》へきたとき迎《むか》えにきたが、一年しかあわないのに、すっかりかわっていたの。」

「どういうかわりかた。」

「パーマをかけて、はでな花もようの着ものをきて、おびもはでな色のおびをしめていたの。」

「そうよ、村にいたときには、姉妹《きょうだい》のように親しくしていたって、それなのに、久《ひさ》しぶりであったのに、つめたい顔でむかえて、なにひとつ話さないの。電車にのって、中野《なかの》駅でおりて、白ばら会へついた、会の名ふだを見て、病人に愛の奉仕《ほうし》をするのかと思って、すこし安心したそうよ。げんかんの、つぎの部屋にとおると、じろりとつめたい目で、

『病家から電話がかかってきても、みんな出はらってたりないのだよ。ちょうどいいところへきてくれた。』

お弓さんは、すぐ病家へいくのかと思って、なにも知らないのにいかせたら、病家にすまないと思ったの、それでも会長にていねいに、

『いたらぬ者です。どうか教えていただきたく、お願い申しあげます。』

会長はお弓さんに返事もしなかったって。

『二階へあがりなさい。』

お弓さんは、二階へあがって、ふとんへはいりましたが、泣けて泣けて、ねむれなかったそうよ。

朝の食事をすましても、光子はお弓さんに話《はな》しもしないで、看護《かんこ》の時《とき》にきる服をだして、そのなかに、日用品をいれて、ふろしきにつつんだの。光子は、二階からおりていったの。うで時計をはめていたそうよ。お弓さんは、時計ももっていないので気がかりだったって。

会には、会長とお弓さんだけになったわけね。会長は大きな声でよんだの。

『お弓、おりておいで。』

お弓さんが二階からおりて、会長の前にすわると、けわしい目つきでいったんですって。

『看護《かんこ》のことをおぼえるには、病人の世話をするのが近道だ、さっき病家から電話がかかってきたが、あなたにいってもらいます。道は教えてあげる。』

お弓さんは、看護《かんこ》のやり方《かた》も知らないのに、病家にいけませんと、いいたかったが、おっかぶせるようにいったので、なんにもいえなかったそうよ。

『みゃくをとること、ねつをはかること、ねつを書きいれる紙に書きいれること、それだけ知っていれば勤《つと》まるのです。こうやって、ここのみゃくが、一分間にいくつうつかかぞえればいいのです。』

ひどい会長でしょう。」

「わる者ね。」

「けものの心をもっているわ。」

春美《はるみ》も英子《ひでこ》もふんがいした。

「ほんとにらんぼうだわ。お金のことばかり考えて、お弓さんを病家へいかせるというんだもの。病家へいけば、すぐ返さないから、お金がとれるよといったんですって。」

「にくらしいな。」

「しゃくにさわる。」

また、春美と英子はふんがいした。

「お弓さんは、病家をだますことはできないと、悲しかったといってたわ。」

「そうでしょう。」

「泣きたくなるわ、だれだってそんな時《とき》。」

「三十分ほどたってから、お弓さんは白い服をきました。会長は、お弓さんが病家にいってくれるので、すっかりきげんよくなって、なにかと世話をしてくれたって。かみをすいてくれて、日用品をとのえてくれたの。ニッケルの時計もかしてくれたが、お弓さんは、はじめて時計をもったので、腰ひもにむすんで、帯《おび》のあいだにいれたそうよ。病家の名と住所をきいて、電車にのって吉祥寺《きちじょうじ》の駅でおりて、わたしの家へきたわけよ。」

「白ばら会へ電話をかけて頼んだのね。」

「ええ、今、看護婦《かんごふ》がたりないのはほんとよ。お弓さんは、お母さんに話したの。わたしは、看護《かんご》のことを、すこしも知りません。会長から三つ四つを教わっただけです。それでも、わたしは心をつくして看病《かんびょう》します。一二日、お宅へおいていただけば、わたしのはたらきがわかりますから、お気にめしたら、おいていただきますし、お気にめさなければ、会長をおしかりくださって、会へかえしていただきたいと思います。

正直にうちあけたの。お母さんは、これでは役にたたぬと思ったけれど、お弓さんの清らかな目に気がついて、はたらいてもらうことにしたの。」

「よかったわねえ。」

「お弓さんは、よろこんではたらいたのね。」

「ええ、こまねずみのように、よくはたらいたわ。夜おそくまで、枕《まくら》もとにすわって、わたしを見まもってくれたの。そのころは、ねつがあったので、お弓さんと話せなかったの。」

「よくなってから話したの。」

「お母さんと話したの、お弓さんは小学校をでてから、本屋に看護《かんご》の本をとりよせてもらって、読んだと話したの。お母さんは、お弓さんが、なにも知らないといったのに、看護《かんご》のことを知っていたのは、熱心に読んだからと思って、とてもよろこんだわけなの。」

清子《きよこ》は、ちょっと言葉をきってから、

「村の小学校では、いつも一ばんよくできて、級長だった。だから頭がいいのね、わたしがよくなると、台所のおそうじをしたり、茶《ちゃ》わんや、おさらや、なべを洗ったり、お母さんを手つだっているうちに、お料理もつくれるようになったの。」

「すてきね、そのはたらきぶり。」

「そうよ、めったにそんな方《かた》いないわ。」

「それで、お弓さんは、明るい方《かた》で、ほほえみをうかべて、そのうえよく気がついて、それからそれへとはたらくのよ。家の人たちの心と、あたたかく結びついたの、愛のこもった手で、わたしの看護《かんご》をしてもらったの、お弓さんがきてよかったわ。

お母さんは、お弓さんにお札をいって、

養成所《ようせいじょ》で学んだ方もたくさんいますが、あなたは、本を読んでよく知っています。それはそれとして、いやいやはたらく方《かた》もありましたが、あなたのように手があけば、家のなかの仕事をなさる方《かた》はいませんよ。あなたのおかげで、よい看護婦《かんごふ》さんと、女中さんと、二人をおやといしたとおなじです。どうか、いつまでも今のとうとい気持をなくさずに、どこの病家にいらしても、よろこばしてあげてください。時《とき》にはつらいこともあると思いますが、よろこびがあります。あなたなら。

お弓さんは、ゆきとどかないのに、よろこんでくだすって、お礼をいわれたので、涙をたたえて、よろこびに顔がかがやいていたわ。」

「会へかえろうとしたの。」

「ええ、だけどお母さんは、つつみをこしらえているのを見ると、ひきとめたくなって、あなたさえよいなら、家のことを手つだいながら、家にいてほしいと頼んだの、手つだいといったって朝だけで、それをすましてから夕方まで養成所《ようせいじょ》へかよって、勉強なされればよいと思います。しつれいな申し方《かた》ですが、学資はださせていただきます、お心にかけないように。お弓さんは、よろこびに顔がかがやいたわ。」

「そうでしょうね。ほんとのよろこびよ。」

「お弓さんは、涙ぐんで手をついて、お言葉にあまえて、お言葉どおりにさせていただきます。ほんとにお礼を申しあげようもありません、もう一つのお願いは、上京の時《とき》に、光子さんを頼りましたから、いったん会へいって、お礼をいいましてから、ごやっかいになります。」

「しっかりしているわ。」

「ほんとにえらい方《かた》。」

春美を英子は話をきいて心をうごかされた。

「お弓さんは、かえってきて話したの。光子にわたしの家にいることを話すと、東京の人のことを知らないから、安くこき使うのよと、つめたい、わらいをうかべていったそうよ。会長は会長で、日用品と時計のかした代金をとったそうよ、お弓さんは、そんなふうだったので、わたしの家を、じぶんの家のような気持ですって。」

「美しい話ね、だれだって感心するわ。」

「学校でみんなに話すわ。」

三人で、しばらく話しをしているうちに、はつ夏の光《ひか》りもうすれたのに気がついて、

「それでは、おだいじに。」

春美がいうと、英子は、

「一日も早く学校へいらっしゃいよ。」

「ありがとう。もう五六日よ。」

幸一《こういち》が、春美と英子を、おくりにでてきて、

「おかえりですか。話がずいぶんはずんだようですな。フットボールみたいに。」

春美と英子がわらっていると、幸一は、

「あなた方《がた》は、*チャタア・ボックスという、英語を知っていますか、名詞です。」

「いやだわ、テストはごめんごめん。」

幸一はわらいながら、

「テストはやりませんよ、その名詞を訳すと、おしゃべりという名詞です。」

春美と、英子はわらいながら外へでていった。

ふしぎな運命

清子《きよこ》と、春美《はるみ》と、英子《ひでこ》と、三人の仲よしのなかで、清子の家庭のことは書いたわけだが、ほかの二人の家庭のことも書くことにする。

英子の家族は、お父さんは高山健作《たかやまけんさく》、お母さんは昌子《あきこ》、兄さんは幸一《こういち》、それと英子と、みんながむつまじく、たのしく暮《くら》している。

家は日本づくりで、応接室《おうせつしつ》だけが洋風につくってあった。南むきのあかるい家で、冬は日がよくあたるのであたたかい。

お父さんは、ある製薬会社の重役であった。朝早く家をでて、駅まで十分《じっぷん》あるいて、京橋《きょうばし》にある会社の事務所にいく。仕事がいそがしいために、夜おそくかえってくることがたびたびのことだった。

母さんは、家の仕事を、よくはたらく手でかたづける。幸一は、音楽学校へかよっていて、バイオリンを修めている。

英子は、明光女学院《めいこうじょがくいん》の高等学部の学生で、おなじクラスの、清子と、春美と、英子の人は、そろって美しく、あかるく、みんな暗いかげのない、陽気な気質であった。また、三人の家庭にも、すこしの暗いかげはなく、みんな幸福の小鳩であった。

けれど、英子だけは、ふしぎな運命をもっていた。今のお父さんと、お母さんのあいだに生れたわけではなく、ほかに大石《おおいし》というお父さんとお母さんがいて、二人のあいだに、この世の光りをあびて生れたのである。

英子のお母さんは、英子をうんで、一年たって、病気にかかって、お医者のくすりも、手あてもしたが、日に日にわるくなるばかりであった。

「英子を頼みます。」

やせた青い顔のお母さんは、息ぎれがして、それだけ、主人に頼むのがやっとだった。

「ひきうけたよ、安心しなさい。」

やせた手に、あかんぼをだいたまま、お母さんは、まもなく息をひきとった。

「男では、あかんぼをそだてられない。それに、おれも、このごろ、からだに力がぬけて、病気になるかもしれない。」

お父さんは、あかんぼのことを、このままにしては育たないと思って、いろいろと考えたあげく、思いついたのは、友人の高山健作のことで、さっそく、頼むことにきめて、あかんぼをだいて、電車で阿佐ヶ谷《あさがや》の駅でおりた。

「高山さん、とんだめいわくのことをお願いにきましたが、ききとげていただきたい。」

「どういう話ですか。」

大石は、あかんぼを見せて、

「母親が病気でなくなったので、わたし一人では、乳母《うば》を頼んでも、それに、おはずかしい話ですが、この母親はながくわずらったし、このあかんぼが生れた時《とき》も、予定日よりも早く生れました。」

「まるまるとふとっているではないか。」

「ええ、となりのおかみさんが、六人の子供を育てましたので、ミルクに、野《や》さいのスープをいれて育ててくれました。」

高山は、大石と中学校のおなじクラスで、親しくしていたので、大石の家は、その頃《ころ》、ゆたかな暮《くら》しをしていたことも知っていた。そのお父さんが、写真機の会社の重役であることも知っていた。血すじのことも知っていた。

「よろしい、ひきうけましょう。」

高山は、あかんぼの顔が、美しくめぐまれていると思った。ぱっちりとあいた目は清らかで、よく育って、まるまるとふとっていた。夫人は、るすだったが、

「あれも、しょうちしてくれるだろう。」

高山は、大石に、

「では、安心して下さい。きっとわたしの家のよろこびになるでしょう。」

「ありがとうございます。安心しました。」

大石は、心かるく、きた時の顔と、まるでちがった明るい顔でかえっていった。

まもなく、夫人がかえってくると、

「おいおい、すばらしいお恵みがあった。」

「なんですか。」

「あかんぼだよ。」

お父さんは、わらって、

「おまえがお母さんだよ、今日から。」

お父さんがわらっていうと、夫人もほほえんで、あかんぼの顔をのぞいて、

「まあ、かわいいこと、きれいなお顔をしているわ。目が大きくて、よくふとっていますね。」

お父さんは、大石のことを話して、大石の子どもなら血すじもわかっているからというと、

「乳母《うば》を頼みましょう。これも血すじをよく調べて、やといましょう。」

「それが、いい。」

お母さんが、すぐに、きれいな着ものを作った。おしめも、浴衣《ゆかた》でこしらえ、ふとんも、花もようのふとんを作ってやった。

乳母《うば》がくるまでは、お医者をよんで相談して、ミルクで育てた。お父さんとお母さんの、あたたかい愛情のなかに、よくねむり、泣きごえもたてず、すこしも手のかからないあかんぼであった。

乳母《うば》がきたが、お乳はたっぷりあった。お医者が調べて、

「このお乳ならいい。」

あまい乳で、英子は育っていった。いきいきと、りんごのようなほっぺたが美しかった。すこやかに、病気ひとつしないで、若葉のように元気であった。

お父さんも、お母さんも、育つにつれて、愛情はふかくなっていった。

「今に、花が咲くよ。」

「神さまのおめぐみで、家に光《ひか》りがさしました。」

春がすぎ、夏がきて、夏も半《なか》ばすぎて、やがて秋がくる、年たつと、英子は、見ちがえるほど大き

くなって、だいても手に重かった。

月日は矢のようにすぎて、七つになって小学校へあがったが、かわいい花になっていた。においが、家に、小学校に、高くにおった。勉強は、あまりしなかったが、教室でいっしんに先生の教えをきいただけで、クラスでは首席《しゅせき》であった。

お父さんも、お母さんも、もうこの頃《ごろ》では、じぶんの子で、血でつながっていると思うのであった。英子は、さびしいということも、かなしいことも知らなかった。

愛と光《ひか》りのなかにかがやいた。

「お母さま、今日、学校のうんどう場に、犬がまよいこんできたの、白いかわいい犬よ。わたし、おべんとうを、わけてやったの。」

「あなたに、なついたでしょう。」

「ええ、からだをすりよせて、うれしそうだったわ。」

「みんな犬がすきで、わたしたちの犬にしましょうと、みんなで話しあってきめたの。」

「そう、かわいがられて、しあわせね。」

「ええ、そんなにかわいいから、きっと、だれかの家の犬でしょうから、いくらかわいくても、わたしは、その家ではさがしていると思いました。それでみんなと話しあって、学校の門に紙をはりだしたの。」

「犬のこと、くわしく書いて。」

「ええ、そうなの。」

お母さんは、英子が、やさしい心をもっていることを知って、うれしく思った。

「わたし、犬もすきですが、小鳥がすきよ。」

「カナリヤはすきですか。」

「カナリヤは、かわいいわ。きれいな歌をうたいますね。」

「お母さん、カナリヤを飼ったことがあるの。英子に買ってあげますよ。」

「うれしい、うれしい、わたしよく世話をしますわ。」

カナリヤは、よくうたうのを買って、金色のかごを窓につるした。カナリヤは、みんなによろこびを分けてくれて、家は明るくなった。

英子は、カナリヤを、ひまさえあると、そばへいって、水は、えさはと気をつけていた。

月日はすぎていく。川の流れのように、英子は、女学校にはいったが、やはり首席《しゅせき》で、明光高等女子学院に入学した。今は二年生で、春美と清子とおなじクラスで仲よしとなった。心はかたく結ばれて。

兄さんが、バイオリンを練習していると、英子は、そっと足音をたてずに部屋へいって、耳をかたむけていた。美しい音の世界に、英子はゆめ見るような目をかがやかしていた。

兄さんがひきおわると、

「兄さんおじょうずね、わたし、きいているうちに、白い馬が、水晶《すいしょう》のくらの上に、赤いばらだけがのっていて、花園《はなぞの》のなかを、ゆっくりあるいていているようなまぼろしを見ました。」

兄さんは、ほほえんで、

「英子は、たいした詩人だね。バイオリン好きのようだね。」

「兄さんは天才よ、わたしは好きだけど、きいていているだけなの。」

兄さんはわらって、

「天才にまつりあげられては、たいへんだ。その言葉の十分の一の天才ではないよ。」

「十分の九よ。」

二人はわらって、なかなかわらいとまらなかった。

夏休みは、もうすぐくるので、みんなたのしい計画について話しあった。清子と、英子と、春美も、いろんなことを話しあった。海が、山が、小鳥が、夏でも雪のあるアルプスの山が、川のせせらぎが、三人をよんでいた。

歌時計

春美《はるみ》の家庭も、たのしく、むつまじく暮《くら》している。門の名ふだに、小林英夫《こばやしひでお》としるしてある。お母さんは美世子《みよこ》、弟は一郎《いちろう》、中学二年生である。

お父さんは、なん年かまえの平和であったころ、フランス大使館に、永《なが》くつとめていた。戦争がはじまったので、ひきあげてきて、戦争に敗《ま》けてからは、ある貿易商社の顧問《こもん》として、いそがしくはたらいている。

お母さんは、春美と一郎がそだって、じぶんのことは、じぶんでするようになったので、食事のこしらえだけですんだ。日曜日には、お父さんも、家にいるので、たのしくあそぶことができた。

この家庭に、まい日、よろこびをあたえてくれるものがあるが、それは、お父さんがフランスで買った歌時計で、三人の天使が、まるい時計を手で支《ささ》えている。時計は金色で、花のかざりがまわりについていて、時をきざむ音はきれいで澄《す》んでいた。

時間を正しく知らせるが、知らせたあとで、美しいフランスの歌がきこえてくる。その歌は、みんな心に、ゆめと望みをくれる。春美は、この時計がすきだった。

いつだったか、病気にかかっていた時《とき》に、三人の天使が話しているのをきいた。

「時《タイム》をはかる時計を、わたしたちが支《ささ》えているのは、つまらないことですわ。」

一の天使がそういうと二の天使が、

「そうですよ。人は時《タイム》を気にするのでしょう。なぜ、こんな時計をつくって、時《タイム》をはかりたいのでしょう。」

三の天使がいった。うれしそうに、

「時《タイム》がなければ、人は、たのしくなれるのに。天国には、時《タイム》もないし、時計もないから、たのしいし、花は時《タイム》を知らないから、いつまでも咲いているでしょう。小鳥もうたいます。」

春美は、天使たちの話をきいて、

「時計があるから、時《タイム》がすぎていくのかしら。」

思いあぐんでいると、また、天使が話しはじめた。

一の天使がいった。

「気のどくな人たちです。もの心がついてから、人たちは、いつも時《タイム》を気にしています。やわらかに吹いてくる南風、谷を流れていくきれいな小川、そういうものを見て、人たちはさびしがるのです。時《タイム》がすぎていくことを考えるからです。一ど、風が吹いてすぎ、水が流れていけば、二度とかえらぬものと思うからです。」

二の天使がいった。あかるい顔で、

「そのとおりです。ひとたちが時《タイム》のことを考えることは、心におもい荷をかつぐことになるのです。人がかなしむのは、時《タイム》がすぎていくためで、子供は、雪のように白いかみの毛の老人になります。かえらぬ昔のことを思って、時《タイム》をうらむのです。」

三の天使がいった、光のほほえみを浮《う》かべて、

「それにちがいありません、時計は、人の心をいためます、かなしみをきざみます。人たちは、時計の時《タイム》をきざむ音をため息とともにきくのです。」

春美は、天使たちの話をきいて、涙をながしました。ほんとにそういうものかしら、時計がなければ、人は老《お》いてゆかないでしょうか。そのうたがいが、春美の心をいたくした。

一の天使が、またいった。きっぱりと、

「天国のたのしさは、時《タイム》がないからです。なげきも、かなしみも、ありません。」

二の天使がうなずいてほほえんで、

「時計がないから、春も夏も秋も冬もありません。大日輪《だいにちりん》は、美しく里の道をいくだけで、明るい光《ひか》りをいつも下《くだ》すって、暗い夜はめぐってきません。」

三の天使もいった。よろこびの顔で、

「この地上には、時計のない国はありません。天国だけです。それだのに、こうしてわたしたちは、いまわしい時計を支えていなければならぬとは。」

春美は、この時《とき》、ごとんがたんという音をきいて、金色の歌時計が、みじんにくだけたのを見たのに、天使たちの顔には、時計がくだけたのをよろこぶ心があらわれていた。天使たちは、くだかれた時計をわらいながら見まもっていた。

春美は、家のたからの歌時計が、こんなにくだけたのが、かなしくてならなかった。いくら天使でも、あまりにひどいことをなさると思っていた。かなしみのために涙がながれてたが、そのとき、はっと思うと、われに返って、歌時計を見ると、

「ああ、くだけていなかった。ありがたい。古いフランスの歌をうたっているではないか。しずかに雪がふりつむように、きれいなメロディが、こころよく春美の耳にひびいている。ああ、よかった、ゆめだったのよ。」

春美は、三人の天使たちの、美しい顔をながめていたが、その顔には、いつもとおなじほほえみがうかんでいた。

これが、春美の見たゆめであったが、ゆめといっても、ねているあいだに、見たゆめではなかった。ですから、ゆめといってしまうのも、どうかと思われるでしょう。

春美が、病気のときに、このゆめを見たが、ゆめのことは、家の人にも話さなかった。ただ時の天国へいって、よろこびの天使たちと、しぼむことを知らぬ花のなかでおどったら、どんなにたのしいことだろうと思っていた。

「どうだい、春美、ねつはさがったかい。」

お父さんが、はいってきてたずねた。

「ええ、おかげさまで、元気になりました。お医者さまは、もう二三日したら、学校へいってもいいと、お許しがありました。」

「そうか、よかったな。お父さんが、フランスにいた時《とき》、お母さんに書いた手紙があるが、フランスの花のことや、おもしろいことを知らせたのが、ここにあるから読んでごらん。」

「うれしい、フランスのこと、あまり知らないからありがたいわ。」

お父さんは、きれいな紙袋を、春美にわたして、部屋をでていった。

紙袋からだして、春美は目をとおした。

「パリーの美しさは、春のすえから、夏のはじめにかけてです。

マロニエという、日本ではとちの木のような木が、パリーの町のりょうがわにたちならんでいて、わか葉が青く光りがやいて、こんもりと葉がしげってくると、葉のかげから、鈴《すず》かけ鳩《はと》のホウホウという声がきこえてきます。

すると、そのしげっている葉のあいだから、澄《す》んだ鐘《かね》の音《ね》がひびきますが、夕方のアンジュリウスといいます、この鐘《かね》の音《ね》が、室でひびきあって、パリーの市一めんへ、夕方の休みを知らせます。

鐘《かね》の音《ね》をきいた人たちは、仕事の手をやめて、家へかえる仕度《したく》をします。野ではたらいている百姓たちは、くわの手をやめて、夕方のお祈《いの》りをします。日曜日は休息日ですから、どの寺も、それぞれの音楽の美しい曲を、うち鳴らすので、空一めんが、音楽の会場のように思われます。生れつき音楽のすきな子供たちは、ゆれかごに、いれられた時《とき》から、寺の鳴らす音楽をきいて、思わず手足をゆりうごかすということです。

パリー全市をうずめるマロニエのわか葉の下を、まっ白な服をきて、白い紗《しゃ》を頭からうしろへ長くさげています。白い靴《くつ》をはいて、十二三の少女たちが、お父さんやお母さんや、兄弟たちにつれられて、いく組もいく組もとおっていきます。

わたしが、パリーについたばかりの時に、それが花よめさんかと思った。小さな花よめさんが、およめにいくのかと、ふしぎだったので、

「あれは、花よめさんですか。」

そこにいた人にたずねたら、わらわれたことがあったのです。

これは、プレミエル・コンミニオン*といって、はじめてキリスト教のおしえをうけて、お許しをえたことをあらわすのです。清らかな、雪のような白い服をきて、キリストの前にたつのです。

フランスでは、子供がうまれると、すぐに洗礼《せんれい》をうけて、名をつけてもらいます。十二三になると、いろいろの宗教上のことをたずねられて、それに答えることができると、それでキリスト教徒になれるのです。

男の子もおなじことです。まっ白な服をきるのは女の子だけです。花よめといっても、キリストの花よめといってもいいかもしれません。

フランスの婦人で、このプレミエル・コンミニオンを、したことのない婦人はありません。このことは、子供にとっても、家の人にとっても、たいそうなよろこびで、親類や友人たちをまねいて、その夜は、ごちそうをして、たのしく話しあいます。

すずしい朝風のふいている道を、まっ白な紗《しゃ》をなびかせながら、わか葉のかがやく葉の下をとおっていきます。

白いちょうちょが、まいおどっていくようです。かわいい花よめのことを、みんなは話します。小さい時《とき》の思いでは、なつかしいものです。

そのころ、パリーには、女王のまつりがあります。礼祭といってもよいでしょう。

パリー全市から、わかい美しい人をえらんで、一の女王をえらびます。また、たくさんの町でも、一人ずつ女王をえらびます。

女王たちは、美しくきかざって、金色の車にのります。赤やむらさきの幕《まく》で、はこと旗でかざりたてて、女王には、それぞれおつきの人がのっています。

この車の列の、前とあとに、音楽隊が、音楽をかなでていきます、にぎやかにはやしたてます。

女王は、金のかんむりをかぶって、うしろへ長いすそをひいて、玉座《ぎょくざ》にかけています、一だん下に四人、その下に八人のきれいに着かざったわかい女たちがのっています。

車がしずしずととおると、道のりょうがわから、花をなげます。町の人たちは、赤や白の紙を、こまかく切って、とおる人になげます。

「みんな、あかるい顔です。あかるい顔が、道をうずめています。

女王の車は、人波のなかを、いくつもとおっていきます。

「きれいな女王だ。」

「目が星のようだ。」

みんなは、ほめたたえています。

パリーのおもなる町をめぐってとおってから、大統領《だいとうりょう》の官邸《かんてい》へいきます。

広場に、車があつまると、大統領と夫人が、げんかんにでてきて、花の女王たちに、花たばをわたします。

この日は、パリー全市は、美しい花の祭りを、たのしくすごします。

五月一日になると、だれもかれも、みんなむねにミュゲの花をつけます。鈴《すず》らんの花です。においがたかい花です。

鈴《すず》らんは、日本では北の国で、たくさん咲きます。あのかわいい花です。

長い冬のあいだ、露《つゆ》がかかったり、小雨がふったり、くもり日ばかりつづいて、日の光《ひか》りのある日は、ほんのわずかでありました。

その冬が、やっとすぎて、晴れやかなコルネットをふいて、春がきたので、そのよろこびのしるしです。パリーは、冬がすぎると、すぐわか葉になります。みんな公園や、広場へいって、よろこびの顔がかがやいて、あつまって話しあっています。

あかるいわか葉のかげで、あみものをします。うば車にあかんぼをのせて、おかあさんは、本を読んでいます。みんな、なにか仕事をもってきて、仕事をしますが、たのしそうです。

すずめが、たくさんとんできます。みんなの頭をとびまわります。パンくずを、だれももってきていますから、すずめにやります。

すずめは、肩にとまったり、ひざのうえにのったり、かわいいので、子どもは、すずめがだいすきです。

すずめだけでなく、犬もねこもうまも山羊《やぎ》も、みんなおとなしくて人になつきます。わたしは、一ども犬にほえられたことはありません。生きものをかわいがるのは、日本人よりはふかいのです。

パリーの郊外には、大きな樹の森があって、自動車の道と、人のあるく道がついています。池も川もあって、東京の井《い》の頭《がしら》や、石神井《しゃくじい》の公園のような公園が、郊外にたくさんあります。

わか葉のころの日曜日には、この大きな森は、人でうずまるほどです。

バイオリンをひく音や、歌をうたう声や、たのしい話しごえがあかるい森にひびきます。

春のすえから、夏のはじめへかけて、パリーは、世界のどこにでも見ることのできない、美しいパリー市であります。」

春美は、パリーのことを書いた、お父さんの手紙を読みおわると、その美しさを目に見るように、また、ゆめを見るように、花のパリーの人たちの美しさに心をひかれた。

「フランスの少女は快活《かいかつ》で、小鳥のようか、秋の鹿か、はしこくて、あかるくて、目は清らかで、白い色の顔、うすべに色が、ほのかにうかんで、いつもほほえんで、白い服がにあうにちがいない。」

思いがけないこと

清子《きよこ》を、春美《はるみ》と、英子《ひでこ》がおとずれたのは、日曜日であった。

水曜日に、高等学校の二年のクラスに、思いがけないできごとがおこった。

英語を教えている小川《おがわ》先生が、教科書をもって、教室へはいってきた。

教壇《きょうだん》にあがって、机の上に教科書をおこうとして、なにを見たか、先生は、まゆをしかめて、みんなの方《ほう》を見た。

顔は青ざめていた、まゆをしかめていた、口をつぐんだまま、なにか考えていた。

それは、毛虫が机の上にいたからであった。うすきみわるい毛虫、だれも毛虫はすきではない。先生だから、きみわるく思ったが、学生たちなら、声をあげてとびのいたでしょう。

先生は、けわしい目つきで、やっと口をきった。

「だれが、こんな、いたずらをしたのですか、考えることができません。先生に、なにかしかえしでもしようというのですか、だれがしたのですか、名のって下さい。」

するどい短刀が、きらりとひらめいて、みんなの心をつきさしたような言葉だった。

みんな、だまってうつむいていた。声ひとつきこえなかった。しんと静まって、針一本おとしたら、その音がきこえるほどだった。

窓はあいていたが、風はそよっとも吹きこんでこなかった。

初夏の日としては、めずらしく、いつもよりは雲がでているために、教室のなかはうすぐらかった。

みんな息ぐるしくて、ため息をつくばかりであった。

十分、十五分、すぎていく。

「わたしがしました、お許し下さい。」

した方《かた》があやまればいいのにと、みんなこの暗い心をときはなちたかった。

けれど、だれも席をたたない。

小川先生は、やはりけわしい目つきで、

「どなたがしたいたずらか、たずねていますのに、名のらないのは、どういうわけですか。、どなたかわかりませんが、生徒のなかの一人がなさったことだけは、たしかなことです。心をあらためて、早く名のって下さい。こんないやな気持では、英語を教えることはできません。」

先生は、三十を越しているオールド、ミスであった、髪をひっつめてゆって、黒い服をきて、靴下《くつした》も、靴《くつ》も、みんな黒ずくめであった。ただ、黒いえりの下に、白いシャツがのぞいているのが、清らかであった。

わかわかしい少女のときの気持は、とおく去ってしまった。青春のときも、なんのたのしみもなかった。

それでも、ただ一つ秀《すぐ》れているのは、学校におられる英語の先生の三人のなかで、小川先生の発音も、教えかたもよかった。学生たちは、小川先生に教わってから、英語の力がついた。そのために、先生に教わるクラスでは、先生に人気があった。

小川先生は、まだ、まゆをよせていたが、今はひたいに、青いすじがあらわれていた。心をさらわれて、おちつきの人のないように見えた。ひたいにも顔にも、あぶらあせが光っていた。

「いらいらしていらっしゃる。」

学生たちは、ささやきあっていた。

三十分すぎた。

学生たちは、ときどきうで時計を見て、ため息をついた。しめ木にしめられているような気もちがした。

その時《とき》、石井《いしい》香代子《かよこ》か席をたった。香代子は、級長である。香代子は、思いきったように、

「先生、お許し下さい。わたしがしました。なにも考えたわけではなく、つまらないことをしました。おしかりはあとで、どうか学課《がっか》をおはじめ下さい。」

先生は、香代子をじっと見ていたか、キリスト教の信者で、英語は一ばんできる香代子が、そんなことをするわけはないと思って、

「石井さん、先生は、あなたの言葉を、けっして信じません。あなたは、ほかの方のために、罪をきるつもりで名のったのです。それは美しい心です。」

先生は、教室を見まわして、

「石井さんに罪をなすって、それで平気でいられるのですか。」

先生の言葉に、名のりでる学生はいなかった。みんなの顔はくらかった。

「英語の点をつけたとき、二十五点の学生がいたことをおぼえていますね。先生も、気をとりなおして学課をはじめます。石井さん、ありがとう。」

先生の顔は、あかるくなった。

学生たちは、机のひきだしから、教科書とりだそうとすると、毛虫がいたのを見た学生が五六人いた。久保田《くぼた》が手をあげて、

「先生、わたしの机のなかに、毛虫がいます。先生のお机の毛虫とおなじ毛虫です。」

小川先生は、考えているうちに、永田《ながた》が手をあげて、

「先生、わたしの机のなかでも見つけました。」

これで、二ひきいたわけであった。

つぎに、橋本《はしもと》がたちあがって、

「先生、やはり毛虫がいます。」

小川先生は、さっきあかるい顔になっていたが、今はもっとあかるい顔になっていた。毛虫は、みんなで四ひきであったから、

「みなさん、わたしも、正しく考えませんでした。四ひきも毛虫がおりますと、これは、生徒のだれかがしたわけでないと思います。みなさん、だれがしたと思いますか。」

香代子が、手をあげて、

「これは、きっと、浮浪児《ふろうじ》か、*感化院《かんかいん》の子どもがしたことではないでしょうか。」

「香代子さんの、考えがあたったように思います。今、そのことについて話さないで、学課をはじめましょう。」

小川先生は、きれいな発音で、英語の教科書を読んでいった。あかるい光りのなかに、咲く花のように、先生の顔には、すこしの暗いかげもなかった。

英語の学課がすむと、級長の香代子が席をたつと、クラスの生徒たちも席をたった。

「メニイサンクス。」

みんなが礼をすると、先生も礼をかえした。

先生は、心かるく、足どりもかるく、教室をでて廊下《ろうか》を教員室へあるいていった。

これで、今日はもう学課はおしまい。生徒たちは、かごからはなたれた小鳥のように、教科書を手さげにいれて、教室からとびだした。

靴《くつ》と上《うわ》ばきとを、はきかえるのが、もどかしそうにはきかえて、校庭へ走っていった。

「香代子さんの考えのとおりだと思うわ。」

きっと、そうよ。おべんとうがほしかったのよ。みんな、おべんとうはからだから、毛虫を、はらいせにいれていったのよ。」

学院は、生徒たちがかえっていったので、静かになった。

香代子は、うつむいて、校門をでていったが、その美しいきれの長い目に、同情の気持がうかんでいた。

「戦争のためにやけて、みなし児《ご》になった浮浪児《ふろうじ》は、たくさんいます。そういう児《こ》に、あたたかい心をもたせたいものです。」

香代子は、浮浪児《ふろうじ》たちが、収容所《しゅうようじょ》や、感化院《かんかいん》にいれても、すぐにげだすのは、あたたかい心で、みちびかないからだと考えていた。

家へかえると、香代子は、

「お母さま、ただ今かえりました。」

お母さんが、あつい紅茶をいれてくださったのをのんでから、香代子は、二階のじぶんの部屋へいって、机のまえにすわった。

かべに、ラファエルがかいた、愛の筆《ふで》で聖母《せいぼ》のやさしい顔に、神々しさがあふれていて、光《ひか》りのわが、聖母《せいぼ》の頭に、まるく光っていた。

ラファエルは、このマドンナをかくために、一人のモデルを使ったのではなかった。

「聖母《せいぼ》は、一人のモデルではかけない。」

ラファエルは、かたく信じていた。

「母が子を愛するとき、そこにあらわれる愛は、神の愛の恵みを受けているわけ。」

ラファエルは、あちこちの町をあるいて、たくさんの母から、子供への愛のあらわれを集めたわけで、蜜蜂《みつばち》の蜜《みつ》を集めるように。それをあつめて、聖母《せいぼ》が美しくかけたわけだった。

香代子は、この聖母《せいぼ》の絵をじっと見つめていた。

「浮浪児《ふろうじ》の収容所《しゅうようじょ》に、この絵を、かべにかかげたら、きっと、すさんだかれらの心に、一すじの光《ひか》りがさすと思われます。」

香代子は、心からお祈りをささげた。

「父なる神さま。おあわれみ下さい。あなたさまのまよえる羊《ひつじ》たち、浮浪児《ふろうじ》たちに、お恵みをあたえたまえ、安らかな心をもって、世のためにつくす人になれますように、おみちびき下さいませ。かれら不幸なさまよえる子羊《こひつじ》たちのために。」

北《きた》山《やま》保《やす》夫《お》

香代子《かよこ》が祈《いの》りをあげていた時、春美《はるみ》と、英子《ひでこ》は、校門をでて右へ、学用品や、菓子《かし》の売店で、キャラメルをもとめた。そこから、いつもかえる道でなしに、林のなかの道をあるいていった。

林の外へでると、川が流れていて、きれいな水がすんでいた。川岸に、やわらかい草が、青いもうせんのよう。二人は、その草の上にすわって、川の流れを見ながら、

「わたしも、石井さんの考えたとおり、浮浪児《ふろうじ》がしたと思うわ。」

「石井さんの考えは、たしかだと思うわ、おべんとうをぬすみにきて、なかったから毛虫をおいたのよ。」

男の子の声がきこえた。

「明光学院《めいこうがくいん》のお姉さんですか。」

ふりむくと、浮浪児《ふろうじ》にちがいなかった。よごれた顔でぼろ服をきてそれでも、あかるい、かわいい目であった。

「そうです、教室に毛虫がいたのを知っていますか。」

「ええ、わたしたちの教室です。」

「きつねの三太《さんた》という、あだなのわるい奴がやったのです。感化院《かんかいん》をにげてきて、はらがへっていたので、教室へはいって、おべんとうを探《さが》したが、みんなからっぽだったので、毛虫をおいてきたのです。」

「感化院《かんかいん》の男の子だったのね。」

「お二人が、キャラメルを買われたので、三太のはらのたしにやりたいのです。なんにもたべるものがないと、わるいことをします。」

「ええ、あげます。」

「ありがとう、すぐもっていってやります。」

走っていった。風のように早く、まもなくかえってきた。

「感化院《かんかいん》へかえれといってやりました。キャラメルをしゃぶりながら、うんといって、かえっていきました。」

「あたたは、心がよい子ね。」

「あなたの身の上話をきかしてくれない。」

「それじゃ話そう。空襲《くうしゅう》で家がやけはじめたので、防空《ぼうくう》ごうのなかのものを、お父さんと、お母さんと、おれがかついで、火をくぐって走ったが、たくさんの人が、荷物をもって逃げていく。走るどころか、ありのように、のろのろあるいていた、五月なので汗《あせ》をびっしょりかいた。」

「たいへんね。」

「こわかったでしょう。」

「うん、お父さんとお母さんが、いっしょなら、苦しくても、がまんできるが、人の波のなかで別れ別れになってしまった。」

「まあ、お気のどくね。」

「まだ、あえないの。」

「うん、お父さんと、お母さんと、やくそくしていたのは、東中野《ひがしなかの》のお父さんの従兄《いとこ》の家へ、はなればなれになっても、いくことであった。おれは、そこへいったが、お父さんも、お母さんもこなかった。その家もやけて、おれは、やけあとにたっていた。」

「水がのめたの。」

「うん、水筒《すいとう》をかけていたから。」

「食べものは。」

「リュックに、いれといた。十日ぶんはある。すこしあるいていくと、そこには、やけてない家があったから、軒《のき》さきで、三晩《みばん》を野宿《のじゅく》して、朝になると、やけあとにたったが、やはりこないのです。」

「火にまかれて、やけ死んだと思った。おれは、板を見つけて、鉛筆《えんぴつ》で、ここに三日たっていたと書いた、十日ののちに、ここに、またきますから、ゆく先を書いておいてくださいと、書いておいた。おれは泣きくずれた。おれ一人になったことを思うとかなしかった。」

春美も英子も涙をたたえてきいた、その涙が、男の子の心をほぐしてしまった。

「くわしいことを、今いえないが、おれは、東京《とうきょう》のやけていないところを、さがしまわっていたが、そのうちに、食べものも、金もすこししかなくなった。しかたがないから、ぬすむよりもいいと思って、身の上を話して、食べものをあたえてくださいとたのんだ。」

「くれましたか。」

「ええ、五人に一人のわりあいですね、服はやぶれて、おふろにもはいらないので、あかだらけになってしまった。十日すぎたので、東中野《ひがしなかの》へいってみたが、お父さんも、お母さんもこなかった。なくなったのだ。うたがうことはない。」

「お気のどくですね。」

「おれは、泣いたが、あきらめるほかはないので、これからどうするか。一人ぼっちになってしまった。」

「はたらいたのですか。」

この男の子は、今は、放浪《ほうろう》の子で、心がねじけているかもしれないが、お父さんお母さんと暮《くら》していたときのことを、なつかしんでいるように見えた。

「おれは、人のものを、けっしてとってはいけないと思っていました。どんなにはらがへっても、じぶんの力でやるつもりでした。」

「えらいわ。そういう心をもっていたら、かならず道がひらけます。」

「売ったものがあっても、まだ、いくらかのこっていたので、リュックのなかから、シャツと服をだしてをきかえたのです。リュックをうりました。本や手帳もうりました。仕事のためのもとでをつくるためです。けれど、その金では、くつみがきをやるだけです。」

「くつみがきをしたの。」

「ええ、やさしい仕事です。古道具屋で、さがすと見つかります、はけと、くつずみと、つやをだす布と、くつをのせる台と、そういうものをととのえたのです。」

「どこに、店をだしたのですか。」

「いろいろ考えましたが、やはりもと住んでいた大塚《おおつか》が、なつかしかったのです。それで、大塚《おおつか》にちかい道ばたに店をだしました。わりに仕事はいそがしく、お金もたまりました。」

「助けをかりないで、店をだしたのは、ほんとにえらいわ。」

「ほめてもらうほどのことはないですが、だれか、大きな力が、助けてくれたのでしょう。」

「正しくあれば、いいお恵みがあります。」

「おれは、お父さんのこと、お母さんのことを思うと、どうしても、わるい道をいくことができません。ところが、つまらないことが起《おこ》ったのです。」

「なにが起《おこ》ったのですか。」

「ノガミって、知っていますか、新聞によくでましたが。」

「いいえ、知りませんわ。」

「上野《うえの》のことをいうのです。地下道に浮浪《ふろう》の子がたくさんいて、料理屋ののこりものをもらう。店にあるものをぬすむ、人のかくしからさいふをする。そういうわるい奴《やつ》がいる。そのなかのねずみ小僧《こぞう》という親分が、十七ぐらいですが、わたしの店へやってきたのです。のら犬です、ねずみではないでしょう。」

「わるいことをしたり、子分にさせるのでしょう。親分は。」

「ええ、そうです。ねずみ小僧《こぞう》は、おれの店へきて、おい新米《しんまい》、なんのあいさつもなく、店をだすのはけしからん、金をよこせ、よこさぬと店の道具をとりあげて、売ってしまうぞ。さあ、どっちだ。おこったおれは、かれとなぐりあいをしたが、正しいから勇気がでます、げんこつで、かれのはなをついたので、はな血をだしてたおれたのです。」

「正しければ勝ちますね。」

「三日たって、七八人のあくたれ坊主が、かたき討《う》ちにきた。敗《ま》けるものかと思ったが、からだにきずがついたら、りょう親《しん》に申しわけがないと思って、あそこの丘《おか》へいこう。」

「ついてきましたか。」

「おれに、考えがあった。交番にとびこんで、そいつらのことを話した、おれも、ぼろ服を着ていましたが、くつみがきの仕事をしていることを話して、家がやけて、父と母にわかれたことを話しました。」

「けいさつ官は、あなたを信じたでしょう。」

「ええ、そいつらを調べると、すりや、かっぱらいを、まい日やっていることがわかったのです。品《しな》川《がわ》に近いお台場《だいば》に、浮浪《ふろう》の子を収容《しゅうよう》する、バラックがあります。東水園《とうすいえん》です。みんな、そこへ送られた、ここには、八つから十七までの浮浪《ふろう》の子がいます。電燈《でんとう》もつかない、水もでない、みんな、はだかで、うでにいれずみをしている子もいます。

「食べものは、たりるのですか。」

「たらないから、泳いでにげて、おぼれて死んだ子もいます。泳ぎついてもかえされるのです。板ばりのかべに、紙をはって、こう書いてあります。

元気よくしよう。

仲よくしよう。

正直にしよう。

よく学ぼう、努めよう。

よい言葉をつかおう。

小さい子をかわいがろう。

わるいくせをなおそう。

ものをだいじにしよう。

ひとのいやがることやめよう。

先生のいいつけを守ろう。」

「それを守って行《おこな》えば、よい子になりますが。」

「ええ、はらがはっていれば、だれだって、よい子になります。」

英子は、この男の子を愛でつつんでやれば、いい性質のようだから、よい子になると思ったので、そのことを春美にささやいた。春美もおなじ考えであったとうなずいた。

「ね、あなたの名まえは。」

「北山保夫《きたやまやすお》。」

「いい名まえね。あなた今どこにいるの。」

「お父さんと、お母さんと、二人とも生きていると思いませんが、どちらかが、無料病院にいるような気がするのです。それで、そういう病院へいってたずねています。」

「あなた、お金はないのでしょう。」

「ええ、すこしです。食べたいときには、けいさつへいって、留置場《りゅうちじょう》にいる人の食事をもらいます。おいしくはありませんが、わたしが頼むと、わるいことをしないと思っているようです。」

「あなたは、今、お金があったら、どんな仕事をしたいと思いますか。」

「教育的な紙芝居《かみしばい》があります。町でやっている紙芝居《かみしばい》は、子供の心をわるくするようなものばかりです。わたしは、子供の心をよくする紙芝居《かみしばい》を仕事にしてみたいのです。」

「そうですか、あなたの考えは、いい考えですわ。わたしたちも、あなたのお役にたちたいと思います。」

保夫の目はかがやいていた。

「紙芝居《かみしばい》を仕事にしていれば、人が集まりますから、お父さんや、お母さんにあえるかもしれませんわ。」

「ええ、それを望んでいます。」

春美は、手帳の紙を一まいきって、二人の住所を書いてわたした。

「あした、この川岸へきて下さい。あなたの服ももってきます。わたしの弟の服がありますから。」

春美がいうと、英子も、

「紙芝居《かみしばい》を買うためのお金ももってきます。」

保夫の目に、涙がたまっていた。

「ありがとうございます。」

三人は、別れて、あしたまた、川岸へきました。春美も英子も、お母さんに話して、保夫のために、五百円あげることにした。春美の服も、くつをあげることにした。

保夫が、神さまの祝福をうけたといってもいいでしょう。保夫は、春美と英子に、

「やりとげます。きっと。」

御《み》木《き》本《もと》真《しん》珠《じゅ》

谷口《たにぐち》かず子から退学届がついた日に、清子《きよこ》が、明るい顔に、ほほえみをたたえて、新《あ》らたな力を得たように、いきいきとして、春美《はるみ》と、英子《えいこ》が立っているところへきた。

とびついた、三人がだきついて、

「安心した、うれしい。」

「とても元気そうね、こないだお目にかかった時《とき》よりも、ずっと、ずっと。」

三つの花が咲いた、光《ひか》りのなかから咲いた美しい花、光《ひか》りのなかで、花はたかく香《かお》る。

春美は、あのできごとを話しはじめた。

「小川先生の机に、毛虫がいたの、先生、とても怒《おこ》って、だれがしたかと、するどいけんまくさ、だが、だれもいわない、とうとう十五分もすぎたかな、香代子《かよこ》さんが、わたしがしたといって、お許しをねがって、英語を教えて下さいといったの。」

清子は、わらって、

「香代子さんしないわ、ぜったいしないわ。」

英子が、春美の話をうけついで、

「ところが、教科書をだすために、机のふたをあけると、久保田《くぼた》さんと、永田《ながた》さんと、橋本《はしもと》さんの机のなかにもいたの。」

清子は、わらって、

「まったくもって、えらいことになったわね、それで、だれがいれたの。」

「みんなの推察《すいさつ》では、浮浪《ふろう》の子がきて、べんとうをたべるつもりだったが、みんなからだったから、はらいせに、毛虫をいれたのよ。きっと、みんなおなじ意見よ。」

「そうなの、それで、教室が明るくなったでしょう。」

「とても、とても。」

鐘《かね》が鳴った、はじまる鐘《かね》の音《ね》が校舎にひびいた。教室にはいっていく。

二年生の時間は、倉田《くらた》先生の社会科であったが、先生は、教壇《きょうだん》へあがると、

「今日は、社会科の教科書は用いません。教科書にない話ですが、みなさんが知っていなければならぬ話をおきかせします。」

先生は、そう話しはじめたので、生徒たちは、話をきくことを待っていた。

「真珠王《しんじゅおう》とよばれている御木本幸吉《みきもとこうきち》老人のことを知っていますか。今、九十一才*ですが、まだまだ元

気で、日本のために役だっておられ、最善《さいぜん》の国民の一人であります。

日本は、御木本さんのおかげで、年に三十万ドルのアメリカの金がはいるのです。

幸吉は、わかい時《とき》には、あわびや、えびを売りあるく、行商人であった、かれは、横浜でひらかれた海産物の共進会《きょうしんかい》で、真珠《しんじゅ》の小つぶが、高いねだんをつけて、売れていくのを見た。三十三であったが、真珠《しんじゅ》がどのようにしてできるか、説明されていた。

その説明によると、小さい砂つぶとか、小さい貝がらのかけらなどが、真珠貝《しんじゅがい》のなかにはいってくると、真珠貝《しんじゅがい》は、じぶんを守るために、カルシュウムの汁をだして、なん千なん万という層《そう》をつくる。これらの層《そう》がかたくなり、やがて、これが世にも美しい玉になるのです。これが、美しい真珠《しんじゅ》です。

幸吉は、考えて考えて、おなじやり方で、人の手で真珠《しんじゅ》をつくろうとしました。貝に砂つぶか、貝がらのかけらなどが、真珠貝《しんじゅがい》のなかにはいった時《とき》、それが痛むので、カルシュウムの汁をだすことは、前に話しました。

そこで、真珠貝《しんじゅがい》の一方《いっぽう》に、砂つぶをいれて、一尺《いっしゃく》はばで、海中にまいた、いく月かたってから、彼がそのうちの一組をひきあげてみたところ、おどろいたのです。というのは、一つぶも見出《みいだ》さなかったからであります。

二ヶ年の失望がつづきました。はたらいた人たちへの給料も払えなくなったのです。借金をしました。ガラス、銅、パラフィン、などのかけらも入れて試みましたが、成功しなかったのです。たくさんの真珠貝《しんじゅがい》を、深さと、温度のちがう海へ沈《しず》めたのです。

ところが、明治二十六年七月十一日は、記念すべき日で、幸吉には、忘れられない日でした。夫人が、いくつも貝をあけていると、虹色《にじいろ》の天然真珠《てんねんしんじゅ》と、おなじぐらいの真珠《しんじゅ》があらわれた。

泣いたり笑ったりして、残りの貝をあけると、四個でてきた。これは、まだ完全ではなかったのですが、めずらしい貴重なものであります。きらきらと輝くこれらの珠《たま》を、神だなに供《そな》えて成功を感謝しました。

やがて、御木本氏は、その養殖真珠法《ようしょくしんじゅほう》に特許をとって、大がかりな養殖《ようしょく》にのりだしました。つぎの四年のあいだに、五万個の真珠貝《しんじゅがい》を海にしずめた。第一回よりも第二回が、すばらしかったのです。

千九百一年四月、小松宮《こまつのみや》が、エドワード七世のロンドンの王位をつぐ式に参列された時《とき》に、つぶよりの御木本真珠《みきもとしんじゅ》を国王に献上《けんじょう》したところ、たちまちそれが、大評判となりました。

明治天皇に、お目にかかりました。その時《とき》には、夫人はこの世になき人となっていましたが、その墓前に詣《もう》でて報告しました。

今までに入れていたところと、ちがうところに、入れることにしたのです。そして、六個の完全な真珠《しんじゅ》がとれました。また、今までは、海にしずめたのを、かごに入れて、水中につるすことにした、この方《ほう》が、取りあつかい便利だったからです。

この真珠《しんじゅ》を、ほんとの真珠《しんじゅ》の四分の一のねだんで売りだした時には、ほんとの真珠《しんじゅ》をとっていた人たちが怒《おこ》りました、が学者のしらべによって、まちがいがないと決定しました。

こうして訴訟《そしょう》は、御木本氏の勝ちになりましたが、「養殖真珠《ようしょくしんじゅ》」と名をつけました。

外国の博覧会《はくらんかい》で、金杯《きんぱい》と最高の名誉をあたえられました、御木本氏は、戦争には反対で、小島で養《よう》殖《しょく》をつづけていた。

三等船客

清子《きよこ》が全快したので、お祝いの会がひらかれた。お弓《ゆみ》も家族の一人として席についた。

料理は、お母さんとお弓が、腕をふるってのおいしい料理で、ぶどう酒をのんで、よろこびのお祝いの会であった。

この席で、お父さんは、アメリカの大学へ入学して、卒業するまでの話をされた。

「お父さんは、百姓の息子だが、高等学校を卒業するまでの学資は不足しなかった。＊育英会《いくえいかい》へいって、アメリカへ渡ったが、しばらくの滞在費《たいざいひ》と、船賃《ふなちん》を貸してもらった、アメリカは、はたらく者には、多い賃金《ちんぎん》がとれる国だから、はたらけば金を貯《た》めて学費にあてることができる。

二十三の時で、秋雨のふる日だった。一人の見送り人もなかった、三等船客だった、横浜港《よこはま》をでて、サンフランシスコ港についた、どうしても、アメリカの大学にはいることを決心していたので、英語の読み書きは勉強したが、会話の練習を、しなければならないわけだ。

汽船でも牧師さんがのっていたので、会話の練習のために、上陸するまで話した、サンフランシスコ港について、青年会に泊まっていたが、アメリカの学生も泊《とま》っているので、会話の練習ができた。

これなら仕事を求めてはたらけると思ったので、新聞の広告に気をつけていると、一流の実業家のスミス・コートンの邸《やしき》で下ばたらきの日本人を求めていた。

お父さんは、さっそく電車にのって、ある駅でおりて、いくと、森や林があって、畑と草地と牧場があった。広い道を、自動車が走っていた。その道をしばらくあるいていくと、郵便屋がいたのでたずねると、すぐにわかった。

森をうしろに、広い庭の大きな邸《やしき》があった、それがスミスさんの邸《やしき》であった。台所へいって、そこにいたじいやに、広告のことを話して取りつぎを頼んだ。

夫人が、お父さんを台所のつぎの部屋にとおして、お父さんと話しているうちに、やといましょうといった。

お父さんは、じぶんの力のできるかぎりはたらいて、信用されたいと心をきめて、つぎの日から朝早く起きて、いいつけられた仕事をした。けれど、仕事はすぐやってしまうので、いいつけられない仕事をさがしてはたらいた。掃除《そうじ》もした、庭の芝生《しばふ》の手入れをした。

じいやの仕事の手つだいをした。お父さんは、百姓の仕事は、小さい時《とき》からやっていたから、にわ鳥のことも牛のことも知っていた、どうすれば玉子をたくさん生むか、乳牛は、どうすればミルクをたくさんだすか、そういうことを知っていた。

じいやが、夫人に話したらしい。

『玉子をたくさん生むでしょう。それは、山本さんが、ゆきとどいた世話をして、小屋をまい日そうじして、気持ちがいいからです。えさのやり方《かた》も、じいやのとちがいます。乳牛もおなじことで、山本さんには牛の言葉がわかるようで、親切にとりあつかうので、お礼にミルクをたくさんだすのです。』

このことは、あとでわかったが、二ヶ月はたらいたが、ある晩《ばん》、夫人が、

『山本さん、お話をしたいのです、主人の部屋へいらして下さい。』

その部屋は、スミスさんの趣味で、おちついた家具で、カーテンも、じゅうたんも、なにひとつ、高価をほこるものはなかった。

『さあ、山本君、かけたまえ。』

お父さんは、ていねいにあいさつして、椅子《いす》にかけると、女中《じょちゅう》さんが紅茶とケーキをはこんできた。

スミスさんが話した。

『山本君、君はよくはたらく。二ヶ月になるね。それで、君がアメリカへきた目的を知りたいのだが。』

『生れた家は、貧《まず》しい百姓家でしたが、高等学校を卒業するまでは、学資はつづきました。今、日本が教わらなければならぬ国は、アメリカと、イギリスの二国と信じました、アメリカは、新しい国ですから、その経済について研究したいと思いました。育英会《いくえいかい》といって、学生をえらんで費用を、だしてくれますので、そこからいただいた金で、汽船代と、アメリカで一ヶ月くらいの滞在の費用をもらいました。それで、アメリカで、どなたかの家ではたらいて、貯《た》めた金で大学へ入学したいのでありますます。』

『そうか、よくわかった。』

スミスさんは、夫人と顔を見あわせた。

『しあわせにも、こういうお邸《やしき》に、お世話になって、たのしくはたらくことができますから、夜も疲れることなく。経済の本を読みます。給金も、はたらく以上に、土曜日ごとに増していただくので、心から感謝しております。』

『もっと報《むく》いたいと思っている、けれど、もう一つたずねたいが、君は日本の宗教を信仰しているのかね。』

『いいえ、日本の宗教は、正しい宗教ではなく迷信《めいしん》であります。汽船に牧師がのっていましたが、会話の練習に話しましたが、牧師さんは、キリスト教について話してくれました。心を動かされて、これこそ正しい宗教であると信じました。牧師は小型の聖書を下さいました。まい日、聖書を読んできましたが、ここへお世話になってからも、まい晩《ばん》ねる前に、読んでおります、たっとい意味がわかって、心が清められて、明日はたらく元気がでます。』

スミスさんは、うなずいて、夫人と顔を見あわせて、

『聖書は、心のための教えで、信仰ある者の心の灯《あか》りです。正しい道を照らしていただくから、正しい道をいくことができるのです、あなたは、信仰のある人とおなじです。』

『もっと深くキリスト教を知りましたら、わたしはお願いして、洗礼《せんれい》を受けさせていただいて信者となりたいと思います。』

『よく考えているね、いそがずに、よく知ることが大切《たいせつ》だ。聖書を読みつづけると、信仰がかたまる。君の宗教について知って、わたしたちと同じ信仰なのでよろこんでいる。』

『そうです、山本さんは、わたしたちの息子のように、親しみができました。日曜日の朝、教会へいきますから、この次の日曜日から、教会へまいりましょう。それが信仰を深めるのに役だつでしょう。』

お父さんは、ていねいに頭をさげた。まるで幸福の花畑のなかに立つ気持で、きっとよろこびに顔がかがやいていたと思う。

次の日曜日から、教会へ礼拝《れいはい》にいった。窓は、いろいろな色ガラスで、聖母《せいぼ》の絵がつくってあった。窓からさす光《ひか》りは、美しく、天国からさす光《ひか》りのようだった。

黒い服をきて、白いえりの牧師さんが、聖書を読んで、信仰について説教した。心にしみる説教だった。その次に、白い服の女の子たちが、白い花のようにならんで、聖歌の合唱をした。オルガンの音は、美しくひびいた。おごそかだったが、あたたかいものがあった。

教会からかえると、お父さんは、男の子のハアディと、ミニイをつれて、牧場や川や森へいったりした。そのうちに、冬がきて、池がこおるので、スケートをした。

あそびにいって休んでいる時《とき》には、日本のお話をきかしてほしいというので、日本とアメリカのちがいを話すと、めずらしいので、よろこんでくれた。それでも、日本に五階、七階のビルディングがあると話した時《とき》には、びっくりしていた。

冬がすぎて、春がきて、月日は矢のようにすぎて、お父さんが、スミスさんのお邸《やしき》へきてから一年半だった。スミスさんは、お父さんをよんで、居間《いま》で話した。

『大学へはいる時《とき》がきた、学費は、わたしがひき受ける。わたしの母校のプリンストン大学*へ入学をするといい、あすこには経済学の教授の権威者《けんいしゃ》が三人もいるから。』

お父さんは、よろこんで心からお礼をといって、洗礼《せんれい》を受けたい、信仰の力とともに勉強すればかならず首席《しゅせき》で卒業します、とそれが、あなたの御恩《ごおん》に報《むく》いる道ですといった。それで洗礼《せんれい》を受けた。

プリンストン大学を卒業した時《とき》には、望んだとおり首席《しゅせき》で、経済学では、日本人としては、はじめてだった。すぐに荷物をまとめて、スミスさんの邸《やしき》を訪《たず》ねて報告をした。

夫妻はよろこんでくれて、じぶんの息子とおなじようにして、五日ばかり泊《とま》って大学の話をした。

日本へかえる日がきた。港で別れたが、いつまでも手をかたくにぎっていた。サンフランシスコ港から、今度は一等船客で、横浜《よこはま》の地へついた。アメリカへいく時には、一人の見送り人もいなかったが、今は、新聞記者や、実業家や、社長や、重役が迎《むか》えにきて、お父さんに、わたしの会社にきてくれと頼まれた。

東京のホテルに泊《とま》ってたが、そこへも、たくさんの人が訪《たず》ねてきて、菓子《かし》や果実《くだもの》を、持ってきたので、お父さんは、孤児院《こじいん》へはこばした。

育英会長《いくえいかいちょう》には、お世話になっていたから、その方《かた》の頼みで、貿易会社に顧問《こもん》として入社した。お父さんは、日本の工業も商業も、外国のまねなのを知った。それで、責任と、時間を守ること、信用と、正直と、その四つを社員に実行させた。

そのうちに、外国との関係が、わるくなった。戦争になりそうだったから。戦争がはじまった。仕事ができなくなった。お父さんは信州《しんしゅう》の温泉へいって本を読んでいた。それから七、八年、お父さんには、一ばんいやだったが、アメリカと戦ったが、敗《ま》けると思っていたから待っていた。敗《ま》けたから、また、貿易がはじまって、日本を新《あた》らしくたちなおすための一役をやることになった。」

清子の全快のお祝いの会の話として、みんなうれしいごちそうだった。清子は、

「いいお父さん、お父さんはえらいな。」

みんなは、キリスト教に心をひかれた。たのしかった会をとじた時《とき》、十時をすぎていた。

小鳥の歌

日本は、ばかな戦争をして、みじめに敗《ま》けて、広島と長崎に、ピカドンの原子ばく弾《だん》がおとされ、市内のたて物も、人も、木もふっとんでしまった。

東京は、しょうい弾《だん》でやかれて、大部分がやけた。

松井正子《まついまさこ》は小学六年生で、お父さんとお母さんと、大塚《おおつか》に住んでいたが、五月二十五日に、しょうい弾《だん》がおちて、まわりの家がやけはじめた。

できるだけ荷物を持って、お父さんとお母さんと、正子は、家をすてて逃げた。道は、逃げる人で

あふれていたが、風が吹きはじめて、火をあおって、熱かった。三人は、煙に巻《ま》かれそうだった。正子は、いそいで小走りに走っていくうちに、一時間ほどたって、あまり人が押しあっているので、つい見うしなって、じぶん一人になってしまった。

「三鷹《みたか》は、やけていないと思うから。大森療養所《おおもりりょうようじょ》がある。院長さんは、お父さんの弟だから、もし別れ別れになっても、あそこへいけば、おち会うことになる。」

家からでる時《とき》、お父さんがいったので、一人になった正子は、道をたずねて、三鷹《みたか》へあるいていった。なにも食べていない、のどがかわくので、水をのましてもらった。

「お父さんも、お母さんも、さきに三鷹《みたか》へいっていらっしゃるにちがいない。」

その考えが望みをもたして、苦しいのをがまんして、やっと三鷹《みたか》にたどりついた。そこは焼けていないで、静かな田園で、林と森と畑があった。松林のなかに、白くぬった療養所《りょうようじょ》がたっていた。

受付へいって、名を告《つ》げて、お父さんとお母さんがきていないかとたずねると、

「松井さんは、見えていません。」

正子は、気がぬけたように、ぺたぺたとすわりそうになった。

そこへ所長がでてきた。

「やあ、正子か、ひざにけがをしたね。」

「ええ、ここへくる途中で、空襲《くうしゅう》になって、防空《ぼうくう》ごうにとびこみましたが、その時《とき》に。」

「痛《いた》いか、痛《いた》そうだな。」

「ええ、ひどく痛《いた》みます。」

「お父さんや、お母さんは、どうなさった。」

「三人で逃げてきたのですが。道に人がたくさんいたので、見うしなってしまいました。」

「ここへくることにきめてあったのだね、さあ手あてをしよう。」

所長は、手術室へつれていって、きずの手あてをしたが、

「もとの足になれないかもしれないが、ここで養生《ようじょう》すれば、なおらぬことはない。安心していなさい。」

正子は、五月の末に、この療養所《りょうようじょ》に入院して、南むきの部屋の、明るい光《ひか》りのなかのベッドにねていた。まい日、手あてをうけた。大森療養所《りょうようじょ》の先生は、親切であったが、白い服をきている看護婦《かんごふ》もみんな親切であった。

五月がすぎると、夏がきて、大塚《おおつか》にいた時よりすずしい療養所《りょうようじょ》で、暑いとも思わなかった。森がかげをつくってくれたからだ。せみが鳴いていた。小鳥もとんできてさえずった。畑や田んぼの稲や、野菜が青々と美しい色を見せていた。

夏がすぎて秋がくる。秋風とともに。

「お父さんとお母さんは、どうしたのだろう。まだいらっしゃらない。」

夏がすぎるまでは、まい日、正子は考えない日はなかったが、あきらめる時《とき》がきた。正子は、秋まで待っていたが、一人ぼっちになってしまった。

「神さま、お恵みをあたえて下さい。わたしは一人です。新《あた》らしい力を下さい。やさしい慰《なぐさ》めをおきしたいと思います。神さま。」

涙は目にあふれてほおを伝っておちた。

秋がくると、虫も鳴き、木の葉は紅や黄の色を染《そ》めて、小鳥がさえずっている。空は晴れて、青くすみわたっている。

生きているよろこびが、正子のむねにある。お父さんは、いい人だったから、神さまのそばで、光《ひか》りと花につつまれて、美しい歌をきいていらっしゃるだろう。

秋がすぎて、北風が吹くようになって、寒さがきびしいが、療養所《りょうようじょ》は、南に日があたるのであたたかかった。冬は、畑も麦が青い芽をだしているだけで、畑は土ばかりであった。

その冬も、白い雪も消えて、光《ひか》りの春がめぐってきた。春は光《ひか》りでかがやく、療養所《りょうようじょ》の庭のさくらの木にも花が咲いた。

ある朝、正子が目をさまして、足をのばすと、すこしの痛《いた》みもなく、ひざもまげてみても、べつにかわっていなかった。雪どけの水が川に流れるように、新《あた》らしい力が、からだのなかをあふれるように思えた。

食事がすんで、しばらくたってから、先生がきてたずねた。

「いかが、かわったことはないの。」

「痛《いた》みがとれました。指のさきに力がはいりました。」

「そうか、よかったな。ここへきた時《とき》には、もとのとおりにならないと心配したが、これでわたしも安心した。」

先生は、正子がなおったので、

「もう五六日だいじにして、起きていいよ。」

「そうですか、うれしいわ。」

正子は、よろこびがほっぺたを赤く染《そ》めた。

先生がでていってから、正子はベットからおりて部屋をあるいてみたが痛《いた》まなかった。

「ああ、うれしい、あるける、あるける。」

五日たって、あるいてもいいというお許しがでたので、庭にでていった。枝をくみあわせて造《つく》ってある椅子《いす》にかけた。小鳥がいろんなうたをうたっていた。じっと目をつぶって聞いていると、その歌の意味がわかるような気がした。

神さまがおつくりなされたから
この世の空も雲も山も木も
川の流れもみな美しい。
神さまのありがたいお力を
ほめたたえ、うたいひろめる
わたしたち小鳥たちは
詩ともの語《がた》りをうたう。
この歌をきいた人たちが
神さまのありがたいお力を
ふしぎなあらわれと思い
じぶんたちも神さまに
おなじようにつくられたのだから
いつも美しい心をもって、

いつもありがたく思うように。
たがいに愛しあい、しあわせに
みんな仲《なか》よくくらせば
この世に天国の光《ひか》りがさして
新《あた》らしい花がさきかおる。

正子は、部屋へかえってくると、この歌を書きつけて、枕《まくら》の下にいれた。

「わたしの、一生の仕事はなにか、今わかりました。わたしは、神さまにつくられました。一羽の小鳥としてうたいたいのですが、声がわるいので、*手風琴《てふうきん》をひきましょう。小さいときからひいてきたので、心をこめて練習すれば、美しい歌がひけるでしょう。」

大きな望みをもった正子のいく道は、くるしいときも、けわしいときもあるでしょう。けれど、それをのりこえていかなければならないのです。

次の日、先生がきて、あるいてもさわらないかとたずねた。すこしも疲《つか》れませんとこたえると、それはよかった。と先生はよろこんだ。

正子は、小鳥のうたをだして、わたしました。

先生は、その歌をよんで、

「おじさんの仕事も、人をしあわせにする仕事だよ、おじさんも、大いにやるが、正子もしっかりやりなさい。」

「ありがとうございます、りょう親《しん》をよろこばしたいと思います。」

ここへきてから、お父さんと、お母さんのことを、一度も口にださなかったが、今だしたのは、正子のつよい決心のあらわれであった。

あかるい朝であった。窓のそとに、春の光《ひか》りが、金の粉をふりまいている。その光《ひか》りのなかでうたう小鳥の歌を、二人はきいていた。

美しき牧場

夏休みになった。たのしいな、女学生のいきいきした心に、たのしい望みがわきたつ、おどりだしたいようにうれしくてたまらない。

「ひと月あまりの休みだ、ブラボウ。」

夏休みの前の日に校庭に二三人ずつかたまってとてもまばゆい校庭の日《ひ》まわりの黄《きい》ろい花が咲いている。ひらいた花は、黄《きい》ろというよりも、金というほうが、ずっとよいと思われる。日にきらめいて、もえあがる金。

その日《ひ》まわりの花も見ないで、清子《きよこ》と春美《はるみ》と英子《ひでこ》がうれしそうな様子で、よろこびにみちた顔つきで、あかるい声で話していた。清子が春美に、

「春美さん、夏休みのけいかくは。」

「名将《めいしょう》のはかりごとのごとしさ。わたしは、神津《こうづ》牧場へいってみたいの、あそこには、たくさん牛がいて、ミルクをのむこともできるし、美しい景色《けしき》だということよ。」

春美がそういうと、英子が、

「兄さんの話をきいたことあるわ。日本ばなれの牧場だといってたわよ。」

「牧場は呼ぶですよ、いきましょう。あるくところは、長い道なの。」

「町をあるくのとちがって、山や高原をあるいても、すこしもつかれないって。」

「それでは、清子さんと、英子さんの兄さんに、案内してもらおうよ。」

春美には兄さんがないので、二人の兄さんとつれだっていくのなら、すこしの心配はない。

夏休みになって、すぐにいくよりも、三人であそんで、十日ほどたったら、牧場へいこうと話しあいがきまった。

ところで、清子と、春美と英子が、その十日のあいだ、訪《たず》ねて話したが、つぎつぎに訪《たず》ねて話して、

かごのふたをひらいて、三羽の小鳥が、光《ひか》りがさして、みどりかがやく林の葉かげにたのしくさえずっていると描《か》けば、この三人のおもかげが、うかんでくると思う。

さて、十日ののち清子と兄の幸一《こういち》と、英子と兄の孝次《こうじ》と、春美の五人が、上野《うえの》駅から汽車にのって、軽井沢《かるいざわ》の駅でおりた。みんなリュックサックをしょって、朝日のかがやく道をあるいていった。雨宮《あめみや》新田《しんでん》へでて、和美峠《わみとうげ》をこえると、上州《じょうしゅう》の国へ、きていた。高立《たかだて》というところから、小さい谷へはいって、すこしあるいていくと、一本岩《いっぽんいわ》が、その谷のなかに立っている。

地図をみて、幸一は孝次とさきへあるいて、三人がうしろからついてきた。それで、幸一と孝次は、たちどまって、ふり返っていた。幸一がいった。

「清子、つかれたのか。」

「こういう美しい谷をあるいていくと、いくらあるいてもつかれませんわ。」

英子がわらって、孝次に、

「兄さんこそつかれたでしょう。音楽家は、足がつよくはないから。」

「立ってバイオリンをひくから、おまえの足よりも、つよいよ。」

谷をあがると、白かばや、から松などがはえていて、そこが神津牧場になっている。やがて、ひろい山のはらがあらわれてくる。牧場のあたりは、いたるところ、みじかい草や、笹《ささ》が生えていて、あるきやすかった、ひろびろとして、ながめのいい山ばかりがあった。谷はあさく、あかるく、から松や、白《しら》かばや、杉の香《かお》りがしている。

山上のなだらかな地に、ひとかたまりの建てものが、しずかに、つつましく目にうつった。

幸一は、孝次の肩をたたいて、

「いいなあ、あれが牧場だ、童話の世界だ。」

「外国へきたようだね。」

「ここへ泊《と》まってもいいが、日がえりもできる。ミルクのしぼりたては、味はすばらしいぜ。」

「東京のミルクは、新《あた》らしいといっても、くらべものにならないね。」

牧場の建てものと、いくつも小屋があった。信州《しんしゅう》の山小屋のつくりであった。ガラスの窓が日に光っていた。

五人の心は、あたりの平和な、おだやかな、風光《ふうこう》のなかですみきっていた。

幸一は、牧場のもちぬしに、お父さんからの手紙をわたして、

「牧場のことを知りたいのです。おいそがしいときですし、本をもってきましたから、本とてらし合わせて見たいと思っております。」

「どうぞ、軽井沢《かるいざわ》からいらしたのですね。」

「時間はかかりませんでした。牧場を見ましてから、軽井沢《かるいざわ》へひき返します。」

「そうですか、お父さんによろしく。あとで、ミルクをのむように、食堂においておくから、えんりょなく。」

そこに、小屋があったが、それは、台所と、食堂につかわれていた。ストーブがあって、湯わかしが音をたてていて、そのそばに、羊《ひつじ》かいの人がねそべっている。

鐘《かね》がなった、ひびいた。ひろい牧場にまわりの山々に。日にやけた、たくましいからだの牧夫《ぼくふ》たちが、集《あつま》ってくる。食堂の席について、みそ汁とごはんの、しっそな食事だが、おどろくほど食べた。

幸一がいった。

「そうだ、この人たちは、ほかで暮《くら》したことはないそうだ。ふもとの村の人たちで、この牧場にはたらいているそうだ。」

「はたらく人の美しさがあるね、こういうはたらく人たちの、明るい、やさしい心はよいものだ。」

この牧場のなかの小屋の一つでは、チーズをつくっていた、バターもつくっていた。牛や羊《ひつじ》のために、まぐさをきざんでいる人もあった。みんな、たのしそうにはたらいている。おとなしくて、むじゃ気《き》で、強いからだをもっている。

清子も、英子も、春美も、さっきから、この人たちの、はたらきぶりを見ていた。悪《わる》い考えのひとつもなく、牛や羊《ひつじ》とのことだけを考えているようであった、こういう人たちは、町にはいないと思った。

「さあ、すこし、この草の上で休もう。いそがずにかえっても、さっきあるいた道だし、軽井沢《かるいざわ》ならわけはない。おべんとうを食べよう。」

「ええ、きっとおいしいよ、兄さん。」

清子は兄の幸一にいった。

五人は、やわらかい草の上に、わになってすわった。おべんとうをだして食べた。幸一は、食べながら、この牧場について、本で読んだことを話しはじめて。

「夏の夕方まで、ここにいられないが、かえりつくのがおそくなるからだ。それでも、本に書いてあることを知ってれば、たいてい察《さっ》しがつく。」

幸一は、そういって本に目をとおして話しながら、おべんとうを食べていた。

夕闇《ゆうやみ》はしずかに谷からのぼってくる。煙のようだ、あそんでいた牛のむれは、牛舎のまえのかわいた石をつんで、かこってあるかこいのなかにかえっていく。

「りこうなものね。」

英子がいった。春美もうなずいた。

「牛たちは、朝から夕方まで、あつい日光にやかれて、花と牧草がにおう広い牧場で、草を食べたり、流れの水をのむのだ。今、ミルクをしぼる時がきたわけだが、みんなねむそうな顔をしている。」

幸一が、話していると、鐘《かね》の音《ね》がひびいて、カランカラン、ミルクをしぼりなさいと、知らせるためであった。

牛たちは、塩をもらって、しゃぶっている。牧夫たちは、しゃがんで、ニュームのバケツをあてがって、手で乳《ち》ぶさをしぼると、シュウシュウと音たてて、バケツのなかにたまっていく。乳しぼりのすんだ牛を、かこいのなかからだして、牛舎へつれていった。

「これで、かなり知った。あとは、本で知ればいい。」

「さ、それでは、出発だ。」

幸一がいうと、清子がたずねる。

「だいじなもの忘れていないの。」

「あッと、なんだっけ、あ、そうだ、ミルクミルク。」

五人は、リュックをそこにおいたまま、小屋へいくと、食堂の大きなテーブルのすみに、コップが五つと、ミルクのはいった大きい片口《かたくち》がおいてあった。

「おいしいね。」

「あまいな。」

「こんなミルク、はじめて。」

「あたらしいからね。」

「ほっぺた、おちそうよ。」

幸一は、牧場の主《あるじ》をさがして、小屋のかげにいたので、そこへいって、ていねいにお礼をいった。もとの草地へかえって、五人は、せなかにリュックをかついだ。

思いでの美しさ、心のなかにいつまでも忘れないでしょう。五人は、きた道をあるいて、軽井沢《かるいざわ》へいくのである。

四時半ごろで、村のなかをとおる時《とき》は、すこし暗くて、足もとに気をつけたが、村をでると、空は明るくて、夕方の美しさは、朝きた時《とき》の美しさと、どちらがどちらともいえなかった。

軽井沢《かるいざわ》駅についた。汽軍にのった。上野《うえの》駅へいく車中で、孝次が詩集を、リュックからだした。

「これはね、わたしのわかい友人は、詩人のはしくれだが、友人の先生は、なかなかの詩人と思われるね、その詩人がつくった神津牧場の詩がある。読んであげよう。」

牛たちはでていく。

乳をしぼったかこいから
たのしい秋の晴れた朝
あまい草のある放牧場《ほうぼくじょう》へ

岩だらけの山道がある
流れがうたう谷がある。
うまごやしや、せんぶりの
花の咲く美しい高原《こうげん》もある。

バターをつくる小屋から
煙がのぼっている。
スイスの山小屋のような、
小屋の煙だしから、
まっすぐに煙がのぼっている。
美しい風景のなかに

小屋があって、モーターが
うなってまわり、バターが
黄色にできていく

マリイがほえる
上品な顔のマリイだ。
草をかけめぐって
みごとな房毛《ふさげ》がゆれる。

そこには犬小屋がある
ダリアの畑がある
牧場の事務所がある。
利根川《とねがわ》が、浅間《あさま》が見える
風がうたう。明るい風がうたう。
はるかな山の雪のつめたさを

風ははこんできた
いつまでもやまぬ風の笛。

牛はたべる、ゆっくりとかむ。
かたまりあいながら牧地を
あちこちに別れてたべている。
かっこう鳥のこえがきこえる

今日、見てきたように、この詩は、美しさをいいあらわしていた。みんな、ゆめ見ているような目で、今日の牧場のことに思いふけっていた。たのしい思いでだ。

平和な、愛される、美しかった牧場から、上野《うえの》駅について、電車にのりかえた、とまる駅では、乗客が、つぎにつぎにおりて、吉祥寺《きちじょうじ》駅についた時には、幸一と清子だけになった。

悲しみのなかに

上田弓子《うえだゆみこ》は、清子《きよこ》の家から、看護婦《かんごふ》の養成所《ようせいじょ》に、まい日かよったことは、はじめの方《ほう》に書いたが、ここには、それからの弓子について書くことにする。

弓子は、力をつくして、よく学びよく習った。一ヶ年で修了《しゅうりょう》した。そのあいだに、病院へとまって、看護法《かんごほう》と、病人の手あてを、実地に研究したのであった。卒業する時《とき》は、首席《しゅせき》で、賞品に時計をもらった。

弓子は、卒業式をすますと、家へかえってきて、清子のお母さんの部屋へいって、

「おかげさまで、卒業いたしました。」

「おめでとう、家の仕事も手があいていると、手つだってくれましたね。それが、あなたの学習のさまたげにならぬかと、気がかりでしたが、成績は、どうでしたか。」

弓子は顔があからんでいた。

「これを、どうぞごらんあそばして。」

お母さんは、弓子がだした二枚おりの紙をひらいて、目をとおしたが、お母さんもみているうちに、顔がかがやきだした。

「弓子さん、よくおやりでしたね、こういう成績をおとりになったことは、わたしのよろこびでありますが、みんなも、どんなによろこぶでしょう。」

弓子は、うつむいて、

「こちらさまの、あたたかいお心のなかに、おりましたから、学ぶことに、たくさんの時間をいただけたからであります。」

「いいえ、そういうことでは、いくらかは、お役にたったと、いえます。けれど、お世話しても、実をむすばない方《かた》もあります。」

「おくさま、お力ぞえをいただいて、今、一人まえになりました。いたらぬ女ではありますが、慈善《じぜん》病院や、浮浪《ふろう》の子の病人の収容所《しゅうようじょ》も見学いたしました。どこではたらくのがよろしいか、しばらく考えたいと思っております。」

「ええ、そうなさい。ゆっくり考えて、たくさんの人たちの役にたつようになさい。わたしも、あなたが、養成所《ようせいじょ》を修了《しゅうりょう》なさっても、会へおいでになることはなさらないようにと、まえから考えておりました。それに、近ごろは、むずかしい病人は、入院しますし、病院ではたらけばはたらきがいがあると思います。」

「ありがとうございます。おくさまが、おなじお考えを、もっていてくださったの知りませんでした、よろこんでおります。」

弓子は、心からうれしそうにいった。

「今は八月で、夏はあついですから、ゆっくり休んでいただいて、はたらくのは、秋になってからになさい。」

「ありがとうございます。それまでは、お手つだいいたします。」

弓子は、秋まで、心やすらかに、この家庭の仕事をすることにした。

ある日弓子は、お使いにいった時、本屋によって、二三の婦人雑誌を見て、どれにしようと思って、目次を見ていますと、引きあげた戦災《せんさい》のみなし児《こ》が、書いた綴《つづ》りかたがのっていた。その子供は、収容所《しゅうようじょ》に、ほかの子供たちと共にひきとられた。お弓は、そのみなし児《こ》のことに、強く心をひかれて買ってきた。

その夜、弓子は、すいこまれるように、読みつづけたが、悲しい話に、ときどき目が涙にうるんで、字が見えないこともあった。

「ぼくたちは、十二月（昭和十九年）に、領事館《りょうじかん》から、十日の食糧をもらって、お父さん、お母さんのお手つだいをして、大いそぎで、荷物をつくって、おとなりのおじさんも、お向《むか》いのおじさんも、その日の夕方、いっしょに自動車にのって、トンドの駅につきました。お父さんは、軍ぞく*ですから、いっしょにいけないので、駅でわかれて、お母さんと、二人の妹と、ぼくと、四人で汽車にのり、あくる日のおひるごろ、サンホセ駅につきました。汽車からおりて、馬小屋にひなんしました。

雨がふればもる、ぼろぼろの家です。ふとんがないので、かやの草をしいてねました。その小屋で、お正月（昭和二十年）をむかえました。おもちはありましたが、かびがはえていました。

サンホセには、ひこうきがこなかったので、毎日、川へあそびにいったが、ひこうきがくるようになったので、もてるだけの荷物をもって、トラックにのって、山にかこまれているバヨンホンににげて、学校にひなんしました。

一日に三度、にぎり飯《めし》のはいきゅうがありましたが、ある日、ぼくがすいじの手つだいをしていると、ノウスアメリカンが、山のあいだからとんできて、きじゅうをうってきました。ぼくは木のかげにかくれて、ぶるぶるふるえていました。

それからは、まい日、ひこうきがくるので、ツラノへにげました。川があって、橋がかかっていました。むかいの家にあそびにいこうと思って、橋をわたりかけると、ひこうきがきたので、川へおちました。かえると、お母さんにしかられました。

一日一日と、くうしゅうがひどくなったので、土人にきものをやって、防空《ぼうくう》ごうをほってもらいました。いろんなことがおこりました。

四月ごろのある日、ぼくたちがねているあいだに、お父さんがかえってきたので、うれしくてゆめのようでした。つぎの朝お父さんに、軍ぞくになっていた時《とき》のお話をしてもらいました。

山ににげるようにと、村長がいってきたので、お父さんが車をつくると、どこからか、馬がまよいこんできました。夕方、その馬にひかせて、ぼくがたづなをひき、六つの妹は車にのり、九つの妹はついてきました。

あるいていくうちに暗くなって、ばくだんのおちたあなに車がおちたので、みんなで車をひきあげました。夜、お母さんと、ぼくが、朝とひるのおべんとうをつくりました。ひるまはあるいて、夜は森のなかでねました。石にあたって車はこわれたので、車をすてて、お父さんが馬にのって、ホンハルへいきましたが、アメリカの戦車部隊がいたので、かえってきました。

荷物をかついで、まい晩《ばん》あるいて、朝になるとかくれて、また、あるきました。

山をのぼっていると、きゅうに雨がふってきて、坂をおりる時《とき》に、お父さんがすべって、ぼくにぶつかったので、ぼくもすべって、川の道におちました。お父さんに起《おこ》されて、あるきはじめましたが、石がごろごろしていて、あるきにくい道です。

雨がひどくふるので、川の水がふえて、渡れないので、川のへりに毛布をはって休みました。お母さんは、かっけになるし、お父さんは、けつべんをしましたので、先へいけなくなりました。

ぼくは、たき木をとってくるようにいわれたので、たき木が見つからずにかえってきました。お父さんは、杖《つえ》をついて、ぼくと二人でいきましたが、お父さんは、木のかぶにかけて、お話があるといいました。

『お父さんと、お母さんが、死んだらどうするか。』

といったが、ぼくは、なんにもいわずに泣いてしまいました。すると、お父さんは、

『どうしても死なない。石にかじりついてもいくよ。』

二人で、たき木をかついでかえりましたが、ひるごろ、お父さんのおなかが痛《いた》むので、川かみの兵隊さんのところへ、おくすりをもらってきました。しばらくすると、お父さんはなくなっていました。お母さんにいわれて、ぼくは泣きながら、お父さんのかみの毛とつめをきりました。その夜、川に流すわけでしたが、お母さんが、あしたの朝にして、今夜はいっしょにいましょうといいました。

朝、兵隊さんに流してもらうことになって、白い毛布につつんで流してもらいました。お母さんは、お父さんのしゃしんをだして、ぼくたちは、目をつぶって、もくとうをしました。

ひどい雨がふってきて、きものを流されてしまいました。兵隊さんに助けてもらおうと思っていきましたが、きてくれません。朝、日にあてて、きものをかわかしていると、お父さんがいたところの、兵隊さんがとおりましたので、おねがいして、上のほうの兵隊さんのいたところへ、ひっこしをしました。その兵隊さんに頼んで、お父さんの時計と、たべものと、かえてもらいました。

兵隊さんが、あさってくるといってかえっていきましたが、つぎの日には、お母さんがなくなってしまいました。兵隊さんを待っていましたが、きてくれません。

ひっこしをしようとぼくがいっても、六つの妹は、お母さんからはなれないといいます。九つの妹は、いこうといったので、お母さんに白い毛布をかけて、二人でひっこしをしました。

しばらくたって、いってみると、妹もきものをきたままで、お母さんも、きものをきたままで、二人とも、白骨になっていました。兵隊さんが、山からおりていくのを見て、二人でいきましたが、妹はたてないので、犬のようにはってあるきました。そのうちに、あるけないといったが、ついておいでといいましたが、いやだというので、ぼく一人でいきました。

妹は、にいちゃん、にいちゃんとよんでいましたが、やっとあるいて、みんなのいる所へつきました。あるけない人は、兵隊さんに、おんぶしましたが、ぼくもおんぶしました。

アメリカのトラックにのせられて、サンホセの病院へいきました。朝もひるも、おかしばかりなので、あきてしまいました。

病院では、きものをぬがされて、しんちゅう軍の大きなきものをきせられました。ぼくのきもののなかに、お父さんと、お母さんの、かみの毛がはいっていましたが、もやされてしまいました。

こんどは、マニラの病院へ、汽車でいきました。汽車がとまると、たんかにのせて、おこしてくれました。赤十字の自動車にのって、病院へつきました。夜でしたので、ごはんをくださいました。この病院で、ぼくの友だちとあいました。まい日、注射をしたので、足のふくれもとれました。長いあいだかかって、やっと元気になりました。」

弓子は、読みおわると、しげおというこの子供に、戦争のきびしさと、みじめさを思って、涙をたたえて、もの思いにしずんでいた。

その子供の綴《つづ》り方《かた》のあとに、雑誌記者が、収容所《しゅうようじょ》の子供たちから、お母さん、お母さんと、慕《した》われる益井《ますい》さんに、話をきいて、記事としてのっていた。

「この収容所《しゅうようじょ》は、戦いにまけたときのさわぎから、いち早くたちあがった。日本のクリスト教団のあたたかい心でつくられた収容所《しゅうようじょ》である。益井さんは、つくるときの委員の一人で、金はたらないし、食料がたりなかったので、子供たちのために、したいこともできなかった。

浦賀《うらが》の収容所《しゅうようじょ》から、やせた子供を二十四人トラックや、電車にのせたが、車掌《しゃしょう》さんが同情してくれて、子供たちのために、電車を貸切《かしきり》にしてくれたので、ねたままであった。収容所《しゅうようじょ》についたが、しげおは、毛糸のぼうしをかぶったままであったが、それは、マラリア熱のために、はげ頭になったからだった。からだは、ひどくおとろえていた。

その年に十三才のしげおは、戦いのために、二年のあいだ、学校にいかなかったので、四月になると、四年生に入学したが、わるい友だちから、「青びょうたん」「はげ」などと、わる口をいわれて、針をさされたように苦しかった。けれど、益井先生のこまかい注意で、かれをはげました。

『りょう親《しん》と、二人の妹をなくして、あなたももうすこしで死ぬところを、生きのこったのは、だいじな使命があるからです。わる口をいう友だちは、今にきっとわかります。』

収容《しゅうよう》しているみなし児《こ》たちの心をなおし、ふるいたたせるのには、神に祈《いの》り、讃美歌《さんびか》をうたうようにみちびいた。子供たちは、すなおに信仰をうけいれていった。これが、しげおの学校でのかわり方《かた》となってあらわれた。学期がおわるころになると、しげおへのわる口をいわなくなり、同情と、尊敬をよせるようになった。益井さんが話しをつづけた。

しげおの心の痛《いた》みにふれさせることは、つらいことではないかと、考えてましたが、一方では、思い出をのこしてやることは子供たちに、必要なことだと、つよく感じたからです。それは、新《あた》らしくたちあがるための、ふみ段になるからです。それで、さっきのつづり方《かた》を書きあげたのです。このつづり方《かた》によって、子供たちの同情がふかめられました。

わたしは、日本にいるはずのしげおの、お兄さまと、お姉さまを、さがしてあげようと思って、そのことを話しますと、それはいやです。ぼくには、ここにいる姉さんたちと、弟たちと、先生があればたくさんだ。大人になってから、さがしたくなったら、じぶんでさがします。といって、わたしを父母と思っているのです。」

記者が書いている。

「生死のさかいをきりぬけたことは、この子供たちの、まことに得がたい体験であった。それが、子供たちの、日常生活のうちにはたらいていた。

今の社会は、どこを見ても、不平と、失望と、暗いかげと、悪とにみたされている。けれど、この収容所《しゅうようじょ》に、いとなみをつづけている、愛のふかい母と、天使のような子供たち、そして、益井さんを助けて、ここにはたらくこの女性のうえには、社会の暗いかげの、ひとかげも見られない。この人たちの生活のうちに、玉のような美しい声をきいた。」

益井さんが、また、話した記事がでている。

「この生活に満足して、感謝している子供たちとの、まい日の生活のなかに、わたしたちは、ほのぼのとした幸福と満足をみいだします。この世界こそ、わたしたちにとって、天国と思っております。わたしの今の生活に、もし苦しみがあるとすれば、それは、あれほどまでに、苦しみと、とぼしさのきわみを、とおってきた幼い子供たちに、今のまずしい生活をさせなければならない、この世の現実です。

子供たちも、この生活に、満足して、感謝しております。子供たちに、同情と、恵みをあたえて下さる人たちが、どんなにうれしいか、味わっております。そればかりか、子供たちは、じぶんたちよりも、もっと気のどくな人たちのために、たとえば、水害にこまっている話しをきくと、七才のきし子《こ》ちゃんは、これをあげてくださいと、一ばんいい服をもってきました。

こうして、たちあがった子供たちが、それぞれ使命といったものを感じて、けなげにも、ゆめを持っています。お医者になって、こまっている人たちを、無料でなおしてあげる。しげおさんは、アメリカへいきたいといっております。そういうふうに、一人一人が、使命といったものを感じて、じぶんの道をすすもうとする姿をみる時、なんとしても、それをかなえさすための、かげの力になりたいと思います。成長した子供たちが、いつの日にか、日本の国のために、世界のために、また、人類のために、役だつ人になることを、かたく信じております。」

弓子は、益井さんの話に、心をうたれた。じぶんを捨てて、子供たちのことばかり考える美しい心は、神さまのおみちびきにちがいない。そう思うと、勇気づけられるように感じた。なすべきことは、慈善《じぜん》病院ではたらくことにきめようと、はっきりと心にきめた。弓子のわかわかしい血が、顔をあかくそめた。

多《た》摩《ま》川《がわ》

清子《きよこ》の従兄《いとこ》の画家、吉田一郎《よしだいちろう》が、暑い日のひるすぎ、汗みどろになって、清子の家を訪《たず》ねた。

「ちょっと、お願いがあるのですが。」

「なあに、お願いって。」

清子は、顔にほほえみをうかべてたずねた。

「あなたと、春美《はるみ》さんと、英子《ひでこ》さんに、モデルになっていただきたいのです。」

「お礼は、たくさんくれますか。」

「びんぼう画家は、今、お礼をあげられませんが、この絵を、秋の展覧会《てんらんかい》に出品すれば、きっと売れます。」

「そんなこと、神さまでないとわからないでしょう。」

清子は、おとなしい性格の一郎を、ひやかすのは、ちょっとしたいたずらで、かえって、役にたつと考えていたからです。

「そういってしまえば、それまでですが、その望みをもって、秀《すぐ》れた油絵を描けば、清子さんに、このことを話しておけば、のっぴきならない気持で、努力するようになります。その時《とき》に、お礼はできます。」

「わたしたちが、お祝いをあげますよ。びっくりして、腰をぬかさないでね。」

清子は、すこしわらっていった。

「それなら、なおけっこうです。お祝いをいただくためにも、大いに努力します。」

清子は、一郎の描《か》いた絵を、まだ見ていなかったが、お父さんから話をきいていた。

一郎の父と母が、つづいてなくなった時には、一郎は美術学校を修了《しゅうりょう》する年であった。清子のお父さんは、おじさんになるので、一郎の描《か》いた絵を見て、見こみがあれば、やらせてやるが、たいしたものでなかったら、ほかの方《ほう》へかえさせようと思った。お父さんは一郎に、絵をもってこさせた。

「色のだし方《かた》はうまくいっているが、筆《ふで》づかいは、あらっぽくないから、花や、風景などがいいかもしれない。」

一郎に、なおいろいろと、美しいものを現わすように話して、学校をでるまでの学資と、でてからの生活の、めんどうを見てあげると、約束したわけだった。

清子は、一郎と、日をきめて、多摩川へいくこともきめました。春美と英子は、よろこんでいってくれると思っていた。手紙を書いて、知らせるだけでいいと一郎にいった。

一郎は、よろこんで、

「どうぞ、よろしくお願いします。」

お礼をいってかえっていったが、外へでると、意気《いき》ごんで、はればれしく、あるいていった。あつい日照《ひで》りの道を、黒いかげをひいて、
それから五日ばかりあと、清子が手紙をあげておいたので、八月十日の朝、春美と、英子と、つれ

だって、清子の家へきた。

一郎は、さきへきて待っていた。絵の道具をもってきていた。

「ごくろうさま、へぼ絵かきのお頼みで、ほんとにごめいわくかけます。」

一郎がいうと、清子が、

「みんな、美人ぞろいだから、気をつけてかいてよ。」

「はい、かしこまりました。」

いくらか、うす雲がでていたので、日光は、いつもより暑く照らさなかった。四人は、吉祥寺《きちじょうじ》の駅から、帝都《ていと》電車にのった。とちゅうの駅で、電車をのりかえて、青い畑や、住宅地のなかを、林を、野をすぎて、一時間ばかりかかって、多摩川《たまがわ》に近い駅でおりた。

あるいていって、多摩川《たまがわ》の土手にたつと、むこうに山が見えて、きれいな水の流れが、りょう岸の砂をのこして、なかを青く一すじに流れていた。

くぬぎ林が、日かげをつくっていた。そのかげにいって、草の上にすわった。すずしい風が吹いてきた。

「おかしをたべましょう。」

清子は、こういうところでたべる、お菓子《かし》や、おべんとうの、おいしいことを知っていた、英子も、春美も、もとより知っていた。

清子は、チョコレートを、春美は、あまいビスケットを、英子は、石ごろもという、あんこと白ざとうでつつんだお菓子《かし》、みんなが、それを、ハンカチをひろげて、その上においた。仲《なか》よしは、それを三つにわけて、いただくのであった。いつも、どんな時にも。

みんなが、たのしい時《とき》を持っているあいだに、一郎は、ぶらぶら、そのあたりを歩いていた。

「どこか、いいところはないか。」

清子が話しはじめた。

「あたし、こないだ、牧場へいったでしょう。あんないい牧場の、美しい平安なところから、まだ、人の心のきたない東京へかえってくると、ほんとに、天国から、不親切な、どろぼうや、すりがいる、けんかがある地《じ》ごくへ、きたようだったわ。」

「その、とおりよ。」

清子が、また、話しをつづけた。

「用事を、お父さんから頼まれたの、本をとどけに、大森のお友だちの家へでかけたの、そこへいく道で、大きた建てものが、たっていたの、三棟《むね》よ、その建てもののところをどうしてもとおるわけなの、わたしは、そこへいくと、立ちどまって見まわしたの、くさい匂《にお》いがしてたわ。子供たちが、きたないよごれた服をきて、あかだらけの顔でとびまわっているの。」

「あそびがないから、建てものと、建てもののあいだで、あそぶのですが、お人形ももっていないの、まりももっていないの、おいかけっこをしてたわ、わいわいさわいで、うるさい、そんな声だすな、窓から、これもきたないおかみさんが、怒りにみちたとんがり声で、どなっていたわ。」

「どんな方《かた》が住んでいるの。」

「お父さんの用事でいった家で、たずねてみたの、そこに中学生の一年生がいたから。一つの建てものは、ロシアや、満洲《まんしゅう》や、南の島などから引きあげた人が住んでいるの、もう一つの建てものは、東京でやけたり、ほかの所でやけたりした人が住んでいるの。」

春美が、さびしそうに、

「そういち建てものに、住んでいる人たちのこと、わたしも、きいたことがあるわ、その建てものではないけれど、どこもおなじね、ほとんど、荷物は持ってこないんですって。」

英子も、気のどくそうに、

「苦しい思いをしたでしょう、仕事はあるでしょうが、家族の多い家は、たいへんでしょう。」

「そういう人たちには、政府からお金をあげるのね、それで、仕事をはじめた人はいいが、引きあげや、焼けてしまって、心になやみがあっては、そうすぐに仕事をはじめるわけにはいかないでしょう」

清子は、うなずいて、

「暮《くら》しのらくな人もいるでしょうが、たいていの人は暮《くら》しにいる品《しな》を買って、まい日を暮《くら》すのがやっとでしょう。ほんとに、不幸な人たちですから、たがいに、力になって、なぐさめあうと、まずしい暮《くら》しをしていても、幸福が恵まれると思うよ。」

春美が、口をはさんで、

「こういう話もきいたわ。引きあげてくると、むこうの人が、荷物をしらべて、時計や、万年筆は、とりあげてしまったそうよ。」

英子は、まゆをひそめて、

「ほんとに、戦争には、敗《ま》けたくないわ、もうしてもらってはいやだわ。」

清子は、うなずいて、

「それは、そうよ。そこで、わたしは、考えたのよ、その人たちに、いくらかでも、お役にたちたいの。」

「夏休みに、なにかしたら。」

春美が、そういうと、英子も、

「あそんで暮《くら》すのは、そう人が苦しんでいるのに、もったいないわ。」

清子は、そうよというようにうなずいて、

「わたし、それで考えたの、子供たちが、かわいそうだから、三人が、大人はあとまわしにして、まず子供たちの服を、たちくずをさがして、それで、いくつか作れると思うわ。」

「名案よ。小さい力も、三人の力を集めたら、よろこばすことができますよ。」

「そうよ、名言なりだわ。」

心が、このことで、かたく結ばれた。三人が、意気《いき》ごんでいることは、その明るい顔、やさしい顔に、はっきりとあらわれていた。

そこへ、一郎がかえってきた。

「いい場所がありました。あまり長くモデルになっていただいては、ごめいわくです。油絵の道具はもってきましたが、鉛筆《えんぴつ》で写生しておいて、色鉛筆《いろえんぴつ》でぬっておきます。下絵だけです。」

「どういうポーズですか。」

清子がたずねると、

「すみませんが、水のなかにはいっていただいて、石のあいだの魚を追うところです。」

「ききとどけてあげます。ねえ、春美さん、英子さん。」

「ほかならぬ一郎さんだから。」

砂原をあるいて、四人は川岸へいった。はだしになって、清子と、英子と、春美は、おもいおもいのポーズをとった。

「どう、一郎さん。」

清子がいうと、一郎は、

「もうすこしはなれて下さい、清子さん。」

「しかたがない、きいてあげます。」

明るい外光のなかで、三人の少女は、ほがらかな気分になった、顔を見あわして、なんとなくわらっていた。

一郎は、画板《カルトン》の上に、鉛筆《えんぴつ》をうごかしていた。青く晴れている空の下に、光《ひか》りは三人を絵のなかの少女にした。

十五分ほど描《か》いて、

「すみました、ありがとう。」

「あら、もうすんだの。らくなポーズね。」

「こういう大気の清らかなところへくると、おなかがすいてしまうわ。」

「おべんとう食べましょう。こんな時間だけど、四度食べればいいわ。」

みんな、おなかがすいていた。おべんとうをひろげて、おかずは、三つにわけてたべたが、これは、いつもする三人の仲《なか》よしの、たのしいたべ方《かた》であった。

一郎も、画板《カルトン》をまえに、おべんとうをたべていたが、ふと思いついたので、水筒《すいとう》をもってきて清子に、

「お茶を、おいしくいれたつもりです、おのみになって下さい。わたしは、この流れの水をのみます。」

「馬のように、のむのでしょう。ありがとう、わたしたちは、水筒《すいとう》だけでたくさん。」

一郎は、わらいながらあるいていった。画板《カルトン》をおいたところに。

おべんとうをたべてから、三人は、また、水へはいって、さざめきあって、香魚《あゆ》のように、はしこくはねていた。

「さあ、これで、きりあげて、かえりましょう。いいですか。」

「英子さんの家で相談しましょう。」

「ええ、いいわ。五日ぐらいしてからね。」

一郎をよんで、あるきはじめた。

「みなさんに、かわった人を訪《たず》ねていただきたいのです。」

科学の犬

「なくなった父と、親友だった方《かた》です、およめさんは、もらわないで、科学の研究をしておられますが、おもしろいものも作れます、あの林のなかの家がそうです。」

「どういうおもしろいものですか。」

「今、くわしく申しますまい。そのほうが興味がありますよ。」

まもなく、くぬぎ林にちかづいた、ガラスの多い、光のよくさす、洋風のつくりで、白く清らかにぬってあった、気がきいた家であることがわかった。一人だけで住んでいる。

戸口へいくと、おもちゃの小さいつり鐘《がね》が、さがっていたので、一郎《いちろう》は、小さい撞木《しゅもく》をとって、三度うつと、すんだ音が、

「カン、カン、カン」

「小さいつり鐘《がね》なのに、大きな音をたてるのね。」

清子《きよこ》は、春美《はるみ》と、英子《ひでこ》にささやいた。

すぐに、松本平助《まつもとへいすけ》が顔をだした。

「やあ、吉田《よしだ》君か、元気かい。」

「描《か》いています、今日は、この方たちを、モデルに頼みまして、多摩川《たまがわ》へいきました。」

平助は、まるい目をくるくるさせて、

「やあ、きれいな天使が、まいおりてくださったね。」

三人は、思わずわらって口をおさえた。

「ただし、羽根《はね》をわすれたね、多摩川《たまがわ》へ。もっとも、羽根《はね》でなくても、わたしにとっては天使だよ。二十年みないな。あなたのようなうつくしい娘さんを、はッはッは。」

三人は、おもしろいことをいう、おじさんだと思って、それだけで親しい気持になった。

部屋へとおると、三人は、ちょっとそこへ立ちどまって、部屋のなかを見まわした。びっくりしたからです。

なぜでしょう。そこには棚《たな》があって、いろいろなおもちゃが、ぎっしりとつまっていたからで、ゆめの国にきたように思われた。

「みなさん、さあ、かけてください。」

三人のために、平助は、じぶんでつくった自然木の椅子《いす》を三つはこんできて、すすめた。

三人が、腰をかけると、一郎も、そこにあった椅子《いす》にかけた。

「どうです、おもちゃの国ですよ。」

「たくさん、ありますね。」

清子がいうと、英子も、

「日本のおもちゃではないでしょう。」

「いいえ、日本のおもちゃですが、買ったのは一つもないのです。みんな、わたしが作ったものです。それでも、科学のおもちゃは、アメリカの友人に頼んで手にいれたおもちゃもある。五つ六つは。」

「あとは、おじさんが作ったのですか。」

「そうだよ、そのことは、あとから話すが、日本が、大きな戦争をやって、めちゃめちゃにやられてしまった。憎《にく》まれっこ世にはびこるで、世界のわる者になって、栄《さか》えるはずはない、ゆめはやぶれて、小さな日本になった。」

「それは、飛行機や、軍艦《ぐんかん》や、ばく弾《だん》などが、日本がおとっていたからですか。」

おじさんは、ひざをたたきながら、

「そのとおりですよ。そうそ、あなた方《がた》の名まえをきいておかなくちゃ。」

「わたしは、山本清子《やまもときよこ》です。」

「小林春美《こばやしはるみ》と申します。」

「高山英子《たかやまひでこ》です。」

「わたしの名は、戸口にかけてあるから、わかりますね。さあて、アメリカや、イギリスのおもちゃは、日本のおもちゃよりも、ずっと秀れているからだ。なにしろ科学的ということが第一だ。そういうおもちゃで育てられると、少年でも少女でも、自動車のうんてんをすぐおぼえる。日本には、悲しいことだが、うんてんしたくても、自動車はないが、それはそれとして、やはり科学的なおもちゃで、子供のうちから育てないといけない。」

おじさんは、

「たちあがって、棚《たな》から飛行機のおもちゃを見てごらん、じつによくできているじゃないか。そこへいくと、日本のおもちゃの飛行機は、見すぼらしくて、はずかしくて、お話にもならんよ。」

「それで、科学的のおもちゃは、おじさんがお作りになったのでしょう。」

「そうだ、あそこにできている、自動車、汽車、機関車、汽船、みんな、電池か、ガソリンを使って動かすことができる。ただ、日本では、おじさんだけが、このくらいのおもちゃを作れるのだよ。」

「もっとたくさん、お作りになって、日本の子供たちを、科学的になさったら。」

「そういうことは、じぶんでやりたくないね。わたしは、だれでも、これを作るから、貸してほしいといえば、貸してあげる。わたしは、たのしみにつくっているだけだよ。」

「おもちゃで、お金をもうけるのは、いやなことですね。」

「そうそう、あなた方のおもちゃは科学的といっても、汽船や、自動車ではいけない。おなじおもちゃでも、科学的でも、美しいものでなくてはいけないね。」

「そのお話ですと、どういうおもちゃですか。」

「動く人形かね、それとも動く犬とか、うさぎかな。」

「ここに、お作りになったのがありますか。」

「あるよ。動く犬がある。さあ、ひとつお目にかけよう。」

おじさんが、もってきて、

「それでは、となりの部屋へきてください、大きいテーブルがあるから。」

みんなは、おじさんについていった。めずらしいおもちゃを、見るのがたのしみであった。

ここには、椅子《いす》がなかったので、テーブルをかこんで立っていると、

「さあ、このボタンをおすと、いいですか。」

おじさんがおすと、

「わんわん」

と、犬がほえた。

みんな、犬のほえ声ににているので、おどろいてしまった。

「さあ、こんどは、このボタンだよ。」

おじさんが、そのボタンをおすと、犬は首をふって、手足を動かした。とてもよく動く、金属で作ってあったが、どういうふうに作ってあるのか、外からはわからない。

「さあ、こんどは、このボタンをおす。」

おじさんがおすと、すぐに、そこらをあるきまわったが、一ばんしまいに、ぽんと、高くはねあがった。春美は目をまるくして、

「たいした、しかけの犬ですね。」

「おどろいたかね。」

清子はわらって、

「だれだって、おどろきますわ。」

「そうか、おどろかしたかな。」

「生きている犬みたいですもの。」

おじさんも、わらいながら、たばこを、たばこいれからとりだして、テーブルのはじにおいて、犬をこちらのはじにおいて、

「こんどは、このおしりのボタン。」

おじさんがおすと、科学犬はうごきだして、たばこのそばへいくと、うつむいて、口をあけて、たばこをくわえたが、それにも、おどろかされた、

「たいした犬ですね。」

「たばこをくわえるなんて、たいていの犬はできませんわ。」

「すばらしい考えね。」

三人は、ひくい声で話しあった。

「さあ、子供たちも、みなさん方も、この犬の、なかのしかけが、どうなっているか知りたいでしょう。」

「ええ、知りたく思います。」

「さあ、それでは、このねじまわし一つで、ばらばらにしてしまうよ。」

三人は、じっとおじさんの手もとを見ていた。おじさんは、ねじまわしをまわしはじめた。

おじさんの顔は、いたずらしている子供のような顔に見えた。

一つずつ、小さい片《きれ》がとれていく、それをおいて、また一つ小さい片《きれ》がとれて、せなかと、おなかがはがれた。手と足をとってから、頭をとるのは、五度ばかりの片《きれ》をとった。しっぽもとれた、おなかのなかの、ふくざつな機械があったが、それを、ねじまわしで、ばらばらにこわしてしまった。

「すっかりこわれましたね、おじさん。」

「こんどは、組みたてだ。」

おじさんは、みんなで、百五六十もあろうと思われる部分品を、つぎつぎ組みたてて、三十分とかからぬうちに、もとの科学犬に組みあげた。その早い手のうごき。

「食料の増産をはかることを、今の日本はしなければならないのだ、そのために、こやしを研究しているのだ。」

日本の国のために、新《あた》らしい力をつくりたいと、かたく心をきめていることが、そのふといまゆにあらわれていた。清子も、春美も、英子も、おじさんの家で、ふしぎなこと、めずらしいことを見てたのしかった。

おれいをいって、電車にのったが、三人は思いにふけってあまり話さなかった。

みんな新しい日本をつくるために、なにかお役にたちたいと思っていたからであった。

吉田一郎も、だまってなにか考えていた。きっと、絵のこと、三人のモデルのことを、目にうかべていたのにちがいない。

三人は、ある駅で、ちがう電車にのって、別れていったが、別れても、話さなくても、心はかたくつながっている仲《なか》よしなのだ。

慈《じ》善《ぜん》病院

石井香代子《いしいかよこ》は、明光学園の高等学校の二年生で、級長をつとめていた。春美《はるみ》と、清子《きよこ》と、英子《ひでこ》と、おなじクラスであった。

夏休みになって、まもなく明るく晴れた日に、六年まえになくなったお父さんのお墓まいりにでかけた。お母さんといっしょであった。

香代子は、お母さんと、吉祥寺《きちじょうじ》にちかい小さい家に、つつましく、それでもたのしく暮《くら》していた。お父さんは、牧師でキリスト教の伝道《でんどう》に、日に夜をついで、いそがしくはたらいておられた。お母さんも、香代子も、キリスト教の信仰があつくて、夜ねるまえに、聖書の一節を読んで、お祈りをあげる。

電車にのって、多摩墓地《たまぼち》にちかい駅でおりて、松林のなかの道をあるいていった。

「お母さん、いい墓地ですわね。」

「ええ、ここで永《とわ》のねむりについている方は、電車のとおる町の墓地にねむるより、安らかでしょう。」

「お父さんも、安らかにおねむりになっていらっしゃいますね。」

「信仰のふかい方《かた》です。なくなられたときも、お顔にほほえみがうかんでいました、神にめされたことを、よろこんでおられたのです。」

死んでからも、大きな墓石に、生きていたときの肩書をきざんでいるのもあった。墓のまわりに、木を植えずに、鉄のさくでまわしているのもあった。

いろいろな墓のなかで、松林のなかのはずれに、小さい墓があった。それが、香代子のお父さんのお墓で、いかにもつつましく、お父さんの気持をたっとんで、つくった墓であった。十字架の下に、名だけがきざんであった。

墓のまえに立つと、お母さんも香代子も、むかしのたのしい日を思いだした。

風がふいていた。

心がすんでいく。二人は、聖書をとりだして、一節に目をとおした。二人は、ヨハネ伝の十二章を読むことにきめていた。

「イエスかれらにいいけるは、なお暗きにいく者は、そのいくべき方《かた》を知らず、なんじ、光の子となるべきために、光のあるうちに、光を信ぜよ。イエスこのことをいいおわりて、かれらを避《さ》けてかくれたり。」

聖書を誦んで、二人は讃美歌《さんびか》をうたった。

神のかわらぬ　めぐみをうたう
たたえの歌のうるわしさよ
海の音よりたかくひびき
朝の風よりも清くきこゆ

救い主なるイエスによりて
あらわし給《たも》ういつくしみは
うつせみの世のなににたとえん
つたなき歳《とし》にいかにうつさん。

母の愛よりなおもあつく
地のもといよりさらに深し
ひとの思いのうえにそびえ
大空よりもうららかなり

わがたましいの受くる富は
百千《もも ち》よりたまわるみ栄《さか》えには
王のかむりさえいかでおよばん。

お母さんと、香代子は讃美歌《さんびか》をうたいながら、お父さんのやさしい顔が目にうかんでいた。お父さんのお墓に、頭をさげて、もときた道をあるいてきた。白い百合《ゆり》をあげてきた。墓地をでて、道をあるいていった。電車の駅へいくのであったが、その時《とき》、たいへんなことがおこった。

むこうから自動車にのってきた男が、とおりかかったおばあさんを、つきとばした。おばあさんは、道にたおれて、足から血がながれはじめた。

香代子は、おどろいて、

「お母さん、助けてあげましょ。」

走っていってだきあげたが、からだに力がないので、きずの痛《いた》さに泣いている。

「おばあさん、しっかりして、きずはたいしたことありませんよ。」

香代子は、ハンケチで、きず口をしばると、そこへお母さんが、しんぱいそうな顔つきで、

「たいしたことはないかね。」

「いいえ、お年がお年ですから、病院へかつぎこみましょう。」

墓地のせわをする茶屋《ちゃや》へいって頼んで、リヤカーにのせて、病院へはこんでもらうことにして、

「お母さん、この近くに慈善《じぜん》病院があります。早く手あてをしなければなりませんから、そこへはこんでもらいます。」

「そうしておあげ。」

「では、お母さんは、さきへおかえりください。」

「ええ、きっと、早くなおるでしょう。それでは、さきへかえることにします。」

おばあさんを、病院へはこぶと、すぐに手あてをしました。きずはあさかったが、骨がひどくうたれて、ひびがはいっていたことがわかった。十日かかって、なおるということもわかった。

先生は、手あてをして、ほうたいを巻いた。看護婦《かんごふ》が先生のために手だすけをした。やさしそうな顔つきで、親切がうかんでいた。

その白衣《はくい》の女は、清子《きよこ》の家にいた上田弓子《うえだゆみこ》で、養成所《ようせいじょ》を首席《しゅせき》で修了《しゅうりょう》して、人のためにつくしたいときめて、この慈善《じぜん》病院へつとめたわけ。愛の奉仕《ほうし》をして、たくさんの病人たちから、天使のようにあがめられていた。

香代子は、その上田弓子のことを、キリスト教の信者にちがいないと思っていた。

「美しい方《かた》だわ、じぶんのことを考えないで、身をすてて奉仕《ほうし》していらっしゃる。神の祝福によって、あの方《かた》が、あのおばあさんのせわをして下さるなら、十日といっても、きっと早くなおるでしょう。」

香代子は、おばあさんのことで安心したので、白衣の女の人にこえをかけた。

「あの、ちょっとおうかがいいたしたいのですが、あなたは、この慈善《じぜん》病院へいらっしゃるまえに、どちらかにいらしたのですか。」

「はい、山本さんという家の、明光学院《めいこうがくいん》の高等学校で学んでおいでになる清子さんの家におりました。清子さんのご病気のおせわして、家族のようにしていただきました。」

「知っています。清子さんと、わたしはおなじクラスです。わたしは石井香代子と申します。あなたのお名まえは。」

「上田弓子と申します。」

「そうですか、清子さんも、キリスト教の信者ではないでしょうか。」

「お父さんが、アメリカの大学を、首席《しゅせき》で卒業なさいましたが、りっぱな方《かた》で、キリスト教の信者でいらっしゃいます。清子さんは、信者ではなく、聖書もすこししかお読みになりませんが、信者とおなじお心です。」

香代子は、清子のことを知って、心をうごかされた。

「あなたは、信者でしょう。」

「ええ、こういうところで、はたらきますには、じぶんの力だけでは、心もとないことであります。神さまのおみちびきによって、正しい道をすすみたいのです。それで、清子さんのお父さまにお願して教会へいきまして、信者としての名簿《めいぼ》に書きいれていただきましした。」

人の目につかない運命は、たえず世のなかの人たちに、いろんな力をはたらかしている、広いようで、せまい世のなかでしょう。ばらの花のように今咲いた、慈善《じぜん》病院で。

上田弓子と、石井香代子と、ここにはいないが、山本清子と、愛のつながりを、運命がかたくむすんだ。光《ひか》りのなかに。

香代子も、弓子も、あたたかい言葉で話して、ちょうど、弓子をよびにきたので、

「それでは、これで失礼いたします。」

香代子が、そういうと、弓子もていねいに、

「失礼しました。ふしぎなごえんで、お知りあいになって、よろこんでおります。清子さんが、むすび目の役でした。」

香代子もうなずいて、

「たしかに、お言葉どおりです。わたくしも、ふしぎなつながりをよろこんでおりました。」

病院をでてきて香代子は、茶屋《ちゃや》へよって、代金をはらって、おばあさんのけがのようすを話した。

日のかがやく道を、香代子は、弓子のことと、清子のことを考えながらあるいていった。

「夏休みがおわって、学校へいくようになれば、清子さんと友だちになれます。それに、清子さんの仲よしの、英子さんと春美さんとも友だちになれます。」

たのしい思いが、香代子のむねにわいた。

香代子は、学校でも、話す友だちは、あまりいなかった。今、清子たち三人の明るい小鳥になりたいとねがっていた。

「弓子さんの話で、清子さんは、信者ではないが、信者とおなじことといったのは、ほんとに正しいことです。わたしは、信者らしい信者でなかったかもしれない、もっと明るい少女になって、小鳥のようになりましょう。」

香代子の心は、この日に、美しくかわって、あかるい顔になって、電車にのって家へかえってきたが、心はかるかった。

「お母さん、ただ今。」

はいってきた香代子を見て、お母さんは、目を見はった。さっき別れたときの顔とちがって、あかるい顔がそこにあった。

「まあ、香代子、よろこびにみちているようね。」

「いいことあったの、話しますわ。」

茶《ちゃ》の間《ま》にむきあってすわって、ココアをのみながら、香代子は、病院へおばあさんをはこんだことから話して、弓子と、清子のことを話して、神のお恵みで、友だちになったと話した。言葉も、いつものように、つつましくなかった、かるやかな、小鳥のさえずりのように高かった。

お母さんは、香代子が、学校で級長をつとめて、首席《しゅせき》であったが、そのよろこびよりも今のよろこびがうれしかった。

ささやかな、二人の暮《くら》しに光《ひか》りがさしてきた。お母さんの顔もあかるくなった。

「清子さんは、信者ではないのですけど、お父さんは、アメリカの大学を首席《しゅせき》で卒業なさって、りっぱな信者ですって。弓子さんは、清子さんが、信者ではなくても、あかるい少女で、やさしくて、親切で、信者とおなじく正しい道をあるいているといっていました。」

「そうでしょう。お父さまは、牧師が牧師らしいのはいけないとおっしゃっていましたわ。」

「そうですか、やっぱりそうですのね。」

香代子は、光《ひか》りの世界へでていったような、気もちであった。

「いい少女たちと、したしくできる。」

香代子は、お母さんの手をにぎった。

子供服をつくる

吉田一郎《よしだいちろう》のモデルになるために、多摩川へいったとき、清子《きよこ》と、春美《はるみ》と、英子《ひでこ》は、夏休みについて話した。

夏休みに役たつことをしたいと相談ができた。引きあげ者と、戦いのとき、家をやかられた者が、ごたごたと住んでいる寮《りょう》がある。

そこにいる子供たちに、服をミシンでぬってあげることにきめた。

清子の家に、まい日、一時に集《あつま》って、服をつくることにした。服のたちきれと、新《あた》らしい布も買うことにした。おしゃべりしながらつくるのは、たのしい仕事だった。

「七まいできたわね。」

「わたしのができるから八まいになるわ。」

「フルスピード。」（大馬力のこと）

「ねじをかけろ。」

「手にモーターをしかけろ。」

「よせよせ、モーターかけては、手がふっとんでいくぞ。」

「歌はみんなの心をあかるくする。うたおう。」

「歌はなにがいいかな。」

「そうだな、あかるい歌がいいよ。」

「それでは、ほら、妹にというのがあったでしょう。」

「そうそ、女学校のときに習ったわね。」

みんなうたいだした。

あなたは、あたしのルビイ
あたしは　あなたのゆめを
いつでもやさしく守る
宝石箱でありたい

ぱちんとふたのしまった

宝石箱のうちがわ
水色のビロウドのしとね
そのうえで、あなただけが
きれいなゆめを見るのよ

ああなんてすばらしくも
うつくしいゆめよ
ルビイのゆめを知っているのは
いつもいつもわたしばかり。

「きれいな歌ね。」

「妹がほしくなるわ。」

「かわいい妹なら。」

歌をうたっても、手をやすめない。手は大速力でうごく、小人が十本のゆびにはいって、助けてくれたためかもしれない。

その日は、おひるからはじめて、五時までかかって、十五まいの服ができた。

つぎの日は、十二まい、これは、おしゃべりがはずんだのと、清子のおかあさんが、みんなに、銀座《ぎんざ》でもとめてきた、すばらしい洋菓子《ようがし》を三時のおやつに下すったからです。

幸一よりも、お母さんのほうが、コーヒーをいれるのがじょうずであった。熱いコーヒーを、がぶがぶのんではやけどをする。

「おいしいわ。」

「おじょうずね。」

「天下一品《てんかいっぴん》。」

「ココアならたてられるわ。おいしく。」

春美と英子がかわるがわるいっていたが、清子はわらって、いった。

「みんなで、お母さんのおでしになりましょうか。」

「先生は、いやだとおっしゃる。」

春美もわらって、そういった。

「頭のわるい少女たちに、教えるのはごめんだ。」

英子もわらってそういった。

つぎの日は、十四まいつくった。

この日も、スピードがでなかったのは、清子のお母さんが、あまいおしる粉《こ》を、大きなおわんにつけて、だしてくだすったからだ。たくさんおさとうがはいっていて、みんなすこしずつ、熱いのでふうふう吹きながらのんだ。

「おいしいね。」

「あまいね、銀座《ぎんざ》のおしる粉屋《こや》にもないわ。」

「いつだったか、お米のかわりに、おさとうが、五人ぐらいだと、バケツいっぱいくらい、配給されたことがあったわ。どこの家でも、すぐたべてしまったけど、わたしのところでは、こんな配給は、二どとないと思ったの。それで、それがまだあるの。」

清子が、お母さんの考え方《かた》をほめているらしくそういった。

「わたしのところでは、すぐつかっちゃった。」

「わたしの家でも、おんなじよ。」

「清子さんのお母さん、考えぶかいわ。」

英子は、みんなのおしゃべりをとめて、仕事にかかりましょうといった。

「オーケイ。」(よろしい)

「メーク・ファスト。」（さあいそいでやろう）

おしる粉《こ》のあまさが、お茶をのんでしその実の塩づけをかんでも、口のなかのあまさはきえなかった。

そのために、スピードがでなかった。

つぎの日は、ピイナツをたべながら仕事をしたので、仕事がはかどった。十五まいできた。

清子がいった。

「ぜんたいでなんまいできたかな。」

紙箱のなかにいれてある服をかぞえた。

「一まい、二まい、三まい。」

かぞえていった、三人のを合計して、春美がいった。

「五十六まい。」

「すばらしいな。」

「三人の手の六本のはたらきは、たぐいもあらじだ。」

「今、なん時かな。」

英子は、うで時計を見て、

「まだ二時半よ、おやつがでるぞ。」

「あと、三まいはできるね。」

その時、ベルが鳴った。

「どなたか。」

清子がとんでいった。戸をあけると、そこに、思いがけない石井香代子《いしいかよこ》が、ほほえみをうかべてたっている。

「お話があってうかがいましたの。」

「よくきてくださった。さあ、おとおり下さい。英子さんも、春美さんもきていますわ。」

石井香代子は、明るい清子の家へあがって清子の部屋へ案内された。

「めずらしい人よ。」

春美が、ほほえんで、

「ウェルカム、香代子さん。」

「みなさんにいっしょにあえてうれしいわ。」

学校であまり知らなかった香代子に、三人は、知ってみると、好意があふれた。

清子があかるい声で、

「三人で、引きあげてきた人たちや、やけた人たちの住んでいる寮があるの、そこの子供たちは、ぼろ服をきているの。夏休みの仕事に、三人でつくっていますの。」

「それは、意味のあることですわ、やりがいがあるし、子供たちのよろこびのためになさるから。いいお仕事ね。」

清子は、香代子にこたえて、

「あなたにも、おねがいするわよ。」

「ええ、よろこんで。」

香代子も、すぐに、清子がわたしてくれた一まい分の布をぬいはじめた。香代子は、ぬいながら話しはじめた。

「清子さん、お話がしたいことがあってうかがったと申したでしょう。」

「ええ、なんのお話。」

「お宅に、弓子《ゆみこ》さんという方《かた》いらしたことがあるでしょう。」

「ええ、いい方《かた》よ。」

「昨日、ふとしたことからお知りあいになったのです。父のお墓まいりに、母といっしょに、多摩墓《たまぼ》地《ち》へいきましたの。そのかえり道で、どこかのおばあさんが、自動車につきとばされて、地べたにたおれたの。すぐに、かけつけてだいて起《お》こしましたの。」

「けがをしていたの。」

「ええ、ひざから血がながれていたの。」

「おばあさんでは、ちょっとしたきずでも、なかなかおらないのね。」

英子がそういった。

「それで、おばあさんに、早くお医者へつれていきたいと考えていると、慈善《じぜん》病院が、わりに近いと思って、茶屋《ちゃや》へひきかえして頼んだの。リヤカーを貸してもらうこと。」

清子がたずねた。

「その自動車にのっていた人はどうしたの。」

「つきとばしておいたまま、にげていってしまったのよ。」

春美は、肩をいからして、

「ひどいやつだ、天ばつあたれ、それで、香代子さん、そのあとの話は。」

「おばあさんを病院へつれこみましたの、先生が手あてをなさいました。そばにいらしった方《かた》が弓子さんとは知りませんでしたが、愛の奉仕《ほうし》をなさっていらっしゃることが、すぐにわかったので、どういう経歴の方《かた》かと思いました。それで、そのことをおたずねすると、山本さんという家にお世話になっていたといって、よろこんでおられたわけ。」

「山本だけでは、わからなかったでしょう。」

清子がそういうと、

「いいえ、山本さんの家には、明光学院《めいこうがくいん》の高等学校に通学なさっていらっしゃる清子さんがいらっしてと、すぐおっしゃった。」

清子はうなずいて、

「そう、あの方《かた》きれいな心もっているわ。」

香代子はわらって、

「清子さんのこと、弓子さんがほめていたわ。わたしが、弓子さんに、あなたはキリスト教の信仰をもっておられますねとたずねると、ええ、清子さんのお父さんのお手引きで、ありがたい祝福を受けましたとおっしゃったの、そして、清子さんは、信者ではなくても、すこしは、聖書もお読みになるし、そんなことよりも、信者とおなじい心ですとおっしゃった。」

英子が清子の肩をたたいて、

「イエス　イエス　光《ひか》りの天使だ。」

春美がりょう手をあげて、

「今日は、祝福された日だ、香代子さんが、小鳥のようにとびこんできた。こうなることにきまっていたわけだが。」

清子がうれしそうに、

「今日から四人の仲《なか》よしだ。」

英子があかるい顔つきで、

「かためのために、シェークハンドをやりましょう。」

「ザッツライト。」(それはいいこと)

香代子がそういって、右手をだした、ほかの三人も右手をだして、かたくにぎりあった。

清子が、

「仲よし四人、祝福あれ、香代子さん、わたしたち、信者ではないけど、やがて信者になるわ。それで、今日は、あなたに、聖書を読んでもらいましょう。」

「ええ、それでは、わたしが、なにかふさわしい言葉を読ましていただきましょう。」

清子は、みんなに、

「ちょっと待ってね、お母さんに、香代子さんにお目にかかっていただきたいから。」

清子は、お母さんのところへ、ばたばたと走っていって、石井香代子さんのことを話して、手をひっぱってつれてきた。

清子は、香代子に、

「お母さんです。石井香代子さん、おなじクラスで級長さん。」

「はじめて、おうわさは、うかがっておりました。お目にかかりたいと思っておりました。お父さんは、牧師さまでした。お父さんのお名前は知っております。」

「お母さまに、お目にかかって、うれしく思っております。」

「三人の仲《なか》よしが、一人ふえたようですよ、どうか四つの花ですか、四羽の小鳥ですか、今の日本には、自由な気持の少女が、一ばんお役にたちますよ。」

四人は、清子のお母さんのお話にうなずいていた、お母さんはわらって、

「今日は、ありがたい日ですから、おやつのすばらしいのをこしらえますよ。そのかわりいつもの時間よりもおくれますよ。」

「ブラボウ。」

春美が手をたたいていった。

「すばらしいの二倍ぐらいにして。」

清子がそういった。

香代子は、この気分のなかにとけこんでいたので、

「ほっぺたをおさえていただかないといけないわ。きっと。」

英子は、香代子に、

「あなたもあまいものすきでしょう。」

「ええ、大すき。たくさんたべたとき、食事を一どぬいたわ。」

「それで、香代子さんは、わたしたちと、おなじ点数だわ。百点よ。」

みんなわらった。わらいがしばらくとまらなかった。四つの花の花たばが、美しく咲いて匂った。

四人の心はあかるかった。手は早くうごいた。ゆびもすばしこくうごいた。はたおりのきかいのように、子供の服だから、わけなくできてしまう。四人が三まいぬった時《とき》、お母さんがはいっていらっしゃった。清子に、すぐに、

「ウェルカム・ママ。」

なんでしょう、おやつは。みんなお母さんのわらい顔を見ている。

お母さんは、清子に、ちょっと、そこかたづけてといって、おぼんをそこへおいた。大きなおわんが四つのっている。

「ごちそうさま。」

「ごゆっくりめしあがれ。」

お母さんも花です。わらってお部屋をでていらっしゃった。

「さあ、いただきましょう。」

おわんのふたをとると、べっとりしたあんこのなかに、きいろい栗《くり》があまくにてあるのがはいっていた。

四人は、さじでたべはじめたが、

「あまいぞ、すてきだ。」

「これよりあまいものなし。」

「これでは、ゆっくりたべないと、たべられなくなる。」

「ママ、うんとおさとう使ったな。」

たのしいおやつです。こういうおやつは、一人でたべては、たいしてたのしくないかもしれないが、
おしゃべりしながら四人でたべると、たのしみはまさるわけ。

「今日は、香代子さんと仲《なか》よしになった記念日だから、さっきわたしがいったように、香代子さんに
聖書の一節を読んでいただきましょう。それで、今日は仕事をやめにして、話しあうことにしたら。」

「名案、新案、天からさしてきた光《ひか》りだ。」

春美は口ばやに、まりがはずむようにいった。みんなわらった。

「夏休みがおわって、学校へいって、なにかおもしろいこと起《おこ》ればいいな。」

「学校の毛虫事件は、ちょっとおもしろかったが。」

「先生には、おもしろい先生いないな。」

「先生らしい先生だから、どの学課《がっか》もおもしろくないよ。」

「男子高等学校の先生ならそれでいいさ。女子の高等学校の先生なら、ほほえみぐらいたたえてほしいさ。」

そういう話をしたが、まだ夏休みは、三分の一しか過ぎていなかった。それから、三十分ほど話しあった。

清子は、みんなにいった。

「それでは、これでおしまい。」

「明日からスピードをかけましょう。」

お母さんに、清子がおかえりだといいにいって、すぐかえってきた。お部屋へでてきたお母さんは、ほほえみをたたえていた。

「それでは、また明日まいります。」

英子がいうと、春美が、

「ごちそうさま、また、明日も、舌のとけるような、おいしいおやつをおねがいいたします。」

「はいはい、家へかえるのを忘れるくらい、おいしいものを、おなかいっぱいさしあげますよ。」

みんなのわらいは、よろこびのわらいであった。

今日も、夏らしい日であった。明るい道へ清子の家から三人がでていった。みんな心はかるく、あたたかく、消えない匂《にお》いの友愛にむすばれていた。

香代子の家は、春美や、英子の家へは電車にのっていくが、香代子の家はあるいて三十分でいける。駅のちかくで、香代子は二人に別れて、ほかの道をあるいていった。

香代子は、あるきながら思うことが、みんなよりも、たくさんあった。四人の仲よしのなかにはいったことをよろこぶからであった。

寮《りょう》へとどけに

その日から、七日のあいだ、清子の家に四人が集めて、香代子がもってきた、お父さんの浴衣を二枚もってきたので、それでおしめができた。

「香代子さん、おしめとは、よく気がついたわ。やっぱり香代子さん頭がきくわ。」

清子がいうと、英子が、

「おしめは、役にたつわ。なんにもない人は、ぼろぼろの、わかめみたいなおしめか、それとも、おしめなしなのね。」

七日のあいだに、できたのとはじめからできたのとかぞえてみると、ちょうど百枚になっていた。それは、おしめが、二十組あったから、これなら、仕事をやめて、早く子供たちにあげて、よろこばそうときめました。

ここで、七日のあいだのおやつのことを書いておこうと思う、お母さんは、なんでもできるまほう使いのように、時間をかけずにおいしいものをつくる。

香代子がきたつぎの日は、ようかんがでた。そのつぎの日は、お母さんが買いものに銀座《ぎんざ》へいかれたので、おいしい日本菓子《にほんがし》を買ってきてくださった。そのつぎの日は、煮あずき、そのつぎの日は、バナナ、これは、とびあがるほど、みんなをよろこばした。そのつぎの日は、ココアに洋菓子《ようがし》、そのつぎの日は、これも買ってきてくださった甘納豆、そのつぎの日は、七日目で、これは、いろんな塩せんべい。あまいものばかりつづいたので、とてもおいしかった。

「お母さん、やっぱり考えぶかいわ。」

「さすがだわ、どこで、お菓子《かし》つくることならったの。」

春美がいうと、清子がわらって、

「お父さんが、あまいもの好きなので、お料理と、お菓子《かし》のつくり方《かた》を習いにいったの。」

「楽屋《がくや》があったわけだわ。」

香代子がいった。

「清子さんの家のように、家族が多いと、なにをつくっても張《は》りあいがあるわ。わたしの家は母と二人でしょう。つくり方《かた》は、じょうずではありませんが、二人ともあまいもの好きですから、お汁粉《しるこ》などつくるのよ。」

「あなたのところでは、いくらあまくしても、たくさんのおさとういらないから強味よ。」

清子は、そういってから帯《おび》をかえた。

「あのね、今日できあがったから、みんなで、明日の朝、寮《りょう》へとどけにいきましょう。」

「ええ、善《ぜん》はいそげだわ。」

「どこへ、なん時にあつまるの。」

「吉祥寺《きちじょうじ》の駅にあつまるのが、一ばんよかないかしら。」

「そうね、時間はいつごろ。」

英子がそういうと、春美が、

「八時ではどう、いいですか。」

「いいと思うわ。」

その時、春美がいいだした。

「清子さんところで、おやつをいただいて、おさとうを使わしたから、いただいたぶんを持ってくることにしよう。」

清子は、ううんといって、

「いいのよ、そんなこと。」

「だめだめ、お母さんに話しているから、なんといったって、ひきさがりませんよ。」

春美はかぶせるようにいった。

「それでは、よろこんでいたできます。」

清子は、それが正しいと思った。だれかの家で、まい日おやつをいただいてきても、わたしがまっさきに、おさとうを持ち寄るといったにちがいないと思ったからだった。

つぎの日の朝、八時五分前に、吉祥寺《きちじょうじ》駅に集《あつま》った。あかるい顔の四人の花が咲いた。清子は、持っていく服とおしめを、四つふろしきづつみにしてさげてきた。

一つずつ持って、電車にのって、新宿《しんじゅく》でのりかえて品川《しながわ》でおりた。しばらくあるいていくと、寮《りょう》が二むねあった。入口をはいると、事務所があったので、そこへ荷物をだして、清子が代表者となって声をかけた。

「あの、わたしたちは、夏休みですから、ここに住んでいらっしゃる子供のために、服をつくってきました」

事務所の人は、まだ若い青年で、やさしい目であったから、事務の仕事をさせられていると、みんな思った。

「そうですか、よいことをしてくださいました。子供たちは、ぼろ服をきています、引きあげ者と、焼けた人たちが、ここに住んでおりますが、食べるだけがやっとです。子供の服なんか手がまわりません。」

青年は、四人の天使がまいこんだと思っているようだ。こんなことは、はじめてのことであったらしい。羽根はないが。

「ずいぶんたくさんいただいたのですね。子供服なん枚あるのですか。」

「百枚です。」

「百枚！　あなたがたのやさしい手が、よくまあつくりましたな。」

「それに、おしめが、浴衣《ゆかた》二枚ぶん。」

「へえっ！　おしめ！」

その青年は、ふうとため息をついた。

「どうもありがとうございました。百枚あればまにあいます。あまるかもしれませんが、そのうちに、また、あかんぼが生れるでしょうから、ほんとに、おれいの申しあげようもありません。」

「まにあってよかったわ。」

「それでは、安心してかえります。」

「あ、ちょっと、ちょっと、お名まえと、お住《すま》いの所を知りたいのですが。」

清子はわらって、

「こんなことは、名まえや、所《ところ》ばん地《ち》が知れたら、せっかくしたことが、なんにもなりませんわ。」

「わかったでしょう、わかりませんか。」

「わたしたちの気持が。」

「わからなければ、服もおしめも持ってかえって、ほかの寮《りょう》の子供たちにあげることにしますよ。」

青年は、四人の美しい心にうたれて、あわてたあまり、口をもぐもぐしてから、

「よくわ、わ、わかりました。すっかりわかりました。頭がわるいので気がつかないで、失礼しました。」

「あとで頭に水をかぶったらいいでしょう。」

「お言葉どおりに致《いた》します。」

春美がそばから、

「ちょっとうかがいたいのですが、この二つの寮《りょう》で、どのくらいの方《かた》が住《す》んでいますか。」

「そうですな、五百人はいますね。」

「たたみ一じょうあたりいく人ですか。」

「たたみなんか一枚もありません、板のまに新聞紙をしいているか、うすべりをしいているくらいです。それで、一じょうあたり、一人です。六人家族なら六じょう、一人者《ひとりもの》は六じょうに六人というわけです。」

「ぎゅうぎゅうづめね。」

英子が口をはさんで、

「都《と》の家ができると、そういう方《かた》は、さきにはいれるのでしょう。」

「そうです、だいぶここからでていきました。」

「よろこんでいるでしょうね。」

「ええ、首を長くして待っていますから。」

香代子は、話をききながら、寮を見あげていた。気のどくな人たちの住むこの建てものは、戦争のときには、工員の寄宿舎《きしゅくしゃ》であったようだ。

竿《さお》にかけたほしものは、どれもぼろぼろとわかめのようにやぶれていた。つぎをあてても、せんたくをたびたびするので、すぐやぶれるでしょう、お父さんは、仕事にいくので、服やシャツは。

四人は、寮《りょう》をふりかえりながら、あるきはじめた。駅の近くまであるいてきた。茶房《さぼう》で休むつもりであった。

紙芝居《かみしばい》と手風琴《てふうきん》

この駅におりたときには、＊紙芝居《かみしばい》をしていなかったが、人だかりがしているのを見て、紙芝居《かみしばい》をしていることがわかった。

手風琴《てふうきん》のひびきもきこえてきた。

子供たち、あかんぼをおぶったおかみさんや、とおりがかりの小僧などが、紙芝居《かみしばい》のまわりに、ありのようにとりまいていた。

春美《はるみ》が、英子《ひでこ》にいった。

「保夫《やすお》さんじゃないかな。」

「ちがう人よ。きっと。」

英子はきっぱりといった。

「手風琴《てふうきん》のひびきがきこえるから、保夫が紙芝居《かみしばい》をやっているのではないわ。」

春美もそう思っていた。

やがて、かなり近くなっても、紙芝居《かみしばい》をやっている人がわからない。声だけでは、保夫とは思えない。

春美が走っていった。

子供たちのあいだをくぐりぬけた、そうだ。保夫だ、春美は、

「あ、保夫さんじゃないか。」

そこへ英子がきた。

「手風琴《てふうきん》をならしているのは女の子だわ。」

「これや、おもしろいことになった。」

清子《きよこ》がおもしろそうにいった。

英子は、香代子《かよこ》に、てみじかに、保夫のことを話した。

紙芝居《かみしばい》は、青い鳥であった。チルチルとミチルが、青い鳥をさがしにいく話で、保夫の声はよくと

おっていた。

子供たちは、ぼうけんものか、まんががすきだが、こういう青い鳥のようなものを、目をかがやかしてきいていているのはふしぎだった。

保夫の紙芝居がおわると、春美が、

「保夫さん。」

保夫はびっくりして、声のする方を見た。

「あ、春美さん、お目にかかれてうれしい。」

「その後のことをききたいから、駅のちかくに、茶房《さぼう》があるから、そこへいってゆっくり話をきくことにしましょう。」

紙芝居《かみしばい》の道具をしまって、保夫は、

「この正子《まさこ》さんは、手風琴《てふうきん》を鳴らしてくれます。いっしょいってもいいですか。」

「いいですとも。さ、いっしょにいきましょう。」

六人が、駅へいく道をあるいていく、道をとおる人は、このめずらしい組みあわせを、めずらしそうに見ていた。

きれいな茶房《さぼう》があった。

あかるい茶房《さぼう》で、花もさしてあって、テーブルもいすも、新《あた》らしかった。よくきこえそうなラジオがそなえてあった。かべにかかっている絵は、油絵でかいた菊の花で、フランスのつぼのようなつぼにささっていた。

このあたりの茶房《さぼう》にしては、ここが一ばんよい茶房《さぼう》のようだ。紅茶とケーキを頼んだ。

春美が話《はな》しをはじめた。

「保夫さん、あかるい顔をしているから、あまり苦《く》ろうはなかったようね。」

「ええ、たのしい日をすごしました。それに、いいつれができたので。」

「この方《かた》ですね、あなたも、お父さんも、お母さんもいらっしゃらないのですか。」

「ええ、家をやかれたので、おじさんが、中央線の駅のちかくに、療養院《りょうよういん》があって、その院長をしておられます。もしも家がやけて、にげる時《とき》は、いっしょににげるが、別れ別れになったら、療養《りょうよう》院《いん》でおちあおうときめました。」

「まあ、かわいそうに、いってみたら、いなかったのですね。」

「ええ、わたしは、にげてくる道で、空から飛行機がしょうい弾《だん》をおとしましたので、あわててぼうくうごうへとびこみました、そのときに、ひざをうって、骨にひびがいったことは、先生の診察でわかりました。」

「療養院《りょうよういん》へ近かったの。」

「いいえ、まだ、一里くらいはあるかなければなりません、ハンケチで血がでているひざをしばって、あるいていきました。」

「あるきにくかったでしょう。」

「ええ、せなかにリュックをしょっていましたし、とてもあるきにくかったのです。」

「たいへんでしたね。」

「神さまが、助けてくださいますよ。」

「ええ、やっと療養院《りょうよういん》へついて、手あてをうけました。痛《いた》みもなおりましたが、すこし骨にひびがはいっているために、ずいぶん長くねていました。」

「そのあいだにも、お父さんも、お母さんも訪《たず》ねてこなかったの。」

「ええ、そうですの、それで、けがもなおったので、いつでもいられませんので、小さい時《とき》から好きでした手風琴《てふうきん》を、先生から買っていただいて、お金もいただきました。」

「院長さんは、いい方ですね、おじさんなら、すべていい方《かた》とはいえませんが。」

「ええ、親切な方《かた》ですよ、わたしにだけでなく病人たちにも。」

「そうお、えらい方《かた》ね。もし病気にかかったら、そういう療養所《りょうようじょ》へ入院するわ。」

みんなは、正子の話をきいて、保夫とおなじ運命をかなしむことがわかった。

「神さまのお恵《めぐ》みによって、お父さんでも、お母さんでも、どちらかが生きていらっしゃれば、かなしみはうすらぐでしょうが。」

英子が、保夫にたずねた。

「まだ、お父さんも、お母さんもわからないの、え、保夫さん。」

「ええ、紙芝居《かみしばい》を、あちこちの町へいってやりますが、わからないので、それでも、今日は今日はと、望みだけはなくさないでいます。」

「まだ、お金もっている。」

「ええ、まだだいぶ残っています。紙芝居《かみしばい》は、すこしのあめを、一円とか二円とか、そういうねだんで売っていますが、わたしは、なるべくもうけをすくなくして、あめも、紙につつんだいいあめにしています。」

「いくらくらいのねだんなの。」

「買いつけの店ですから、十二で十円にしてくれます、安い店でも、十円で八つのあめを売るわけです。」

「そうお、それをいくらで、紙芝居《かみしばい》を見るのに買うの。」

「一円です。おなじ一円でも、ほかの紙芝居《かみしばい》のあめとくらべると安いわけです、それでも、十円で二円もうかるわけです。」

「一日に、なん度、紙芝居《かみしばい》をやるのですか。」

「七八ヶ所でやります。もっとやる日もあります。二三十円はもうかります。一つの紙芝居《かみしばい》を使いますから、うらに書いてある説明を読まなくてもやれます。」

「ほんものの紙芝居屋《かみしばいや》さんになったわ。」

それからは、六人がかわるがわる話しあった。春美は保夫にいった。

「しっかりおやり。」

英子は正子に、

「二人はかたくむすんでいるのね、二人ともいい気持もっているからいいわ。」

春美は、二人にいった。

「二人仲《なか》よくおやんなさいね、きっと、神さまが、お父さんか、お母さんにあわして下さいますよ。」

香代子もやさしくいった。

「聖書という本を知っていますか。」

二人とも声をそろえたように、

「知りません。」

「神さまのお示しを書いた本です。そのなかで、みじかい言葉があります。これをおぼえておくと、あなた方《がた》のいく道を照らすともし火になりますよ。それは、われは世の光《ひか》りなり、われにしたがう者は、くらきなかをあるかず、いのちの光《ひか》りをうるなり、というのです。たいていわけはわかるでしょう。」

「ええ、いい言葉ですね。」

保夫がいうと、正子も、

「なんだか心があかるくなったわ。」

「紙に書いてあげましょう。」

香代子は、小さい手帳の紙を二枚ちぎってそれに書いてわたした。保夫が、

「ありがとう、まいい日読みます。きっとおぼえます。」

と、いった。正子も、

「わたしも保夫さんのいうとおりにします。」

清子は、紅茶とケーキの代をはらいにいった。席にかえってくると、

「さあ、このよき日のよろこびよ。」

英子は手をたたいて、

「よきことをして、心安らかです。」

香代子も、すっかりみんなと親しくなって、いい方《かた》もにてきた。香代子もすぐほほえむ。

「神の光《ひか》りのなかに、花が咲きました。」

春美もあかるい顔つきで、

「天へのぼるような気もちがするな。」

清子がわらってみんなに、

「さ、さ、天へのぼってもらっちゃこまる、さ、でかけよう。」

みんな席をたって茶房《さぼう》をでた。

駅まであるいていった。駅の前で、保夫と正子にわかれるとき、清子と春美と英子が、

「元気でやってね。」

いいあわせたようにいって、手をふった。

「ありがとう。」

「ありがとう、お姉さん。」

保夫と正子も手をふった。

香代子は、ねんをおして、

「さっきの言葉おぼえてね。」

「ええ、きっとおぼえます。」

「わたしもおぼえます。」

電車にのって、明るい心の、清子と春美と香代子と英子は、一時間たって、家へかえってきた、ほんとに、茶房《さぼう》で四人がいったように、今日は意味のふかい夏休みの一日であった。

十日あまりの服をつくったことも、おなじように意味のある日であった。山に海にあそびにいったおなじクラスの人たちもいる。それにくらべて、神さまに愛されるだろう。

新聞の記事

引きあげてきた人たちと、*しょうい弾《だん》のために、家をやかれた人たちが、住んでいる寮《りょう》があった。

品川《しながわ》の駅をおりて、しばらくあるいていくと、直ぐに大きな建《たて》ものがたっている。

この寮《りょう》へ子供服を百枚と、浴衣二枚分のおしめをとどけたことは前に書いておいた。

名も所も知らせないようにしておいてきた。寮《りょう》の子供たちは、事務所の青年から、さっぱりした服をもらった。

もらった子供の、お母さんが、お父さんが、事務所へきて、青年にたずねた。

「どんな方《かた》がとどけてくださったの。」

「女学生のような方《かた》でした。四人でつくったらしく、四人できました。」

「名と所《ところ》をたずねたの。」

「たずねても、どうしてもいいませんでした。」

「たずねるとよかったが。」

「むりにたずねると、ほかの寮《りょう》へもっていくというのです。」

「そうか、たいした女学生だ。」

「美しい心ですね。」

「大人は、きたない心だが、わかい少女の心はけがれていないんだね。」

「名も所もわからないことが、たくさんに感謝されることだね。」

けれど、このことが、その知られないですむでしょうか。

ある日の新聞に、記事がのっていた。

「記者は、あることを調べるために品川《しながわ》の寮《りょう》へいった。この前にきた時《とき》とちがって、子供たちが、さっぱりとした、きれいな服をきている。

どうしたわけかと、記者はふしぎに思って、事務所の吉村《よしむら》にたずねてみた。吉村は、四人の女学生が、子供服が百枚と、浴衣《ゆかた》二枚分のおしめをもってきたと答えた。

記者は、四人の女学生が、名も所も告《つ》げずにおいたことに、心をうごかされた。記者はその四人の女学生を調べて、名と所を知ることは、やさしい仕事だが、四人の心をおしはかって、そういうことはひかえて、記者としては調べない方《ほう》がよいと思う。

今の世のけわしい日本に、美しい話があることを、それだけを記事として新聞にのせただけで、人たちの心をあたため清めると思う。

あそびたいさかりの女学生が、四人の力をあつめて、百枚の子供服をつくるのは、よろこんでする仕事をしてしたにちがいない。

寮《りょう》の子供たちは、きれいな服をきると、気持もかわった。よごさぬようにして、あそぶときにも気をつけている。

わるいこと、いたずらをしなくなったこと、寮《りょう》の親たちは、よろこんで話をしていた。

四人の女学生に、記者からも、お礼の言葉を申しあげる。」

日曜日の朝の新聞にこの記事がでていた。寮《りょう》の子供たちの写真もでていた。

清子《きよこ》の家では、お父さんとお母さんと兄の幸一《こういち》が読んだ。

英子《ひでこ》の家では、お父さんとお母さんと兄の孝次《こうじ》が読んだ。

春美《はるみ》の家では、お父さんとお母さんと、弟の一郎《いちろう》が読んだ。

香代子《かよこ》の家では、香代子とお母さんが読んだ。

四けんの家で、この新聞にでた記事を読んで、お父さんもお母さんも、四人の娘たちが、子供服をつくっているのを知っていた。

その子供服をだれにあげるか、そのことは知らなかった。記事を読んでわかった。

今日は、日曜日なので、どこのお父さんも休日であった。清子のお父さんは、お母さんと相談して、「これから、英子さんと、春美さんのお宅へいってくる。今四人の娘たちのために席をもうけて、うんとごちそうをすることを話したいと思う。」

「それは、いいいことです。娘たちをよろばすことは、わたしたちのよろこびです。三人のお母さんで、料理のほうは受けもちましょう。」

「材料は、もち寄るといいね。」

「ええ、おなじ材料でも、料理のやり方《かた》でちがう味にできますから。」

お父さんは、ちょっと考えて、

「どこの家にするかな、大きい部屋のある家がいいわけだね。」

日曜日でも、こういう仕事は、たのしい仕事といえましょう。心かるく足もかるくあるいて駅へいそいでいった。

お父さんは、明光学院《めいこうがくいん》の高等学部の、先生と父母の会で、英子のお父さんにも、春美のお父さんとも話したことがあった。

平日は、おたがいにいそがしいので、めったにあうことはなかった。

「話はすぐにまとまるな。みんなその考えをもっていると思う。」

英子の家に近い駅でおりて、清子のお父さんは、まもなく、高山健作《たかやまけんさく》と名ふだのかかげてある門の前に立ってベルをおした。

戸があいて、英子のお母さんがでてきて、

「まあ山本《やまもと》さん、よくいらして下さいました。さあ、どうぞおとおり下さい。」

あかるい二つの顔がほほえんだ。

英子のお母さんは、清子のお父さんを、応接室にとうして、椅子《いす》をすすめた。

お父さんは、椅子《いす》にかけた。

英子のお母さんが、お父さんをよびにいって、すぐに英子のお父さんが、応接室《おうせつしつ》にはいってきた。

ここにも、二つのほほえみ顔があった。

「やあ、山本さんしばらく。」

「高山さん、いつもごぶさたで。」

「おたがいにいそがしいですからね。」

「いく人になりますかね。」

「わたしの家が、三人です、あなたの家も三人です、それから春美さんの家が三人ですが、香代子さんの家は、お母さんと二人です。お父さんは、牧師さんだったが、なくなりました。」

「この家ではいかがでしょう。八じょうと、六じょうのあいだの、ふすまをあけると、すこしきゅうくつかもしれませんが。」

「かえって親しみがあっていいでしょう。」

清子のお父さんと、英子のお父さんとは、あまりたびたびあっていないが、こういうことになると、意見はすぐにきまった。

「料理は、お母さん方《がた》にお願いしましょう。」

「そうです。それはいい考えです。」

「材料は、めいめいが持ちよることにしましょう。四人の娘たちを、よろこばしてやりましょう。」

二人ともあかるい顔つきで、たのしい相談がきまった。

「香代子さんの家では、お母さんに手つだっていただくだけでよくないですか。」

「ええ、その方《ほう》がいいと思います。お父さんがなくなったのなら、なぐさめてあげることになると思います。」

明るい応接室《おうせつしつ》に、二人のお父さんのあたたかい気持で話しつづけている。

「それでは、春美さんのお父さんには、わたしの家から近いですから、わたしから話しましょう。」

「お願いします。香代子さんの家へは、清子に訪《たず》ねさせます。」

「清子さんなら、えんりょさせずに、お招《まね》きさせますよ。」

英子のお父さんが、そういった時、夫人が紅茶と、ケーキをはこんできた。

「あとでゆっくり話すが、夜の食卓に、四人の娘たちを主賓《しゅひん》にして、ごちそうをすることを山本君と相談してきめた。」

「それは、よかったですね。あなたと話しておりましたが。」

清子のお父さんは、あいさつをしてかえっていき、英子のお父さんとお母さんが、げんかんへ送って、

「娘たちをよろこばしましょう。」

「ええ、夫人たちは、うでによりをかけて。」

清子のお父さんは、家へかえってくると、夫人に、話すと、夫人もよろこんで、

「四人の娘たちは、子供服をつくりましたが、みんな手がよくはたらいて、布の色のとりあわせもよく、かわいい服ができました。」

「やるとなると、やるんだね。清子に、香代子さんの家へいってもらいたいのだが。」

「清子、いらっしゃい。」

清子は、聖書を読んでいたので、そこへ紙をはさんでおいて、あかるい顔を見せた。

お父さんは、夜の食事のことを話して、

「香代子さんの家へ、招待《しょうたい》することを知らせてほしのだが。」

「はい、すぐいってきます。たくさんごちそうしてよ。」

「するとも、お母さんたちが、お得意の料理をつくるのだよ。」

「うれしい。ありがたい。いってまいります。」

小鳥がかごからとびだすように、夏の日光のかがやく道を走っていった。

香代子の家は清子の家から、あまりはなれていない。あるいて十五分ぐらいだが、清子は走ったりあるいたりしたので、まもなく香代子の家についった。

香代子の家へいった時《とき》、ちょうど香代子は、お母さんと教会堂の礼拝《れいはい》にいって、かえってきたとこ

ろであった。

「香代子さん。」

小さい家のげんかんから清子の声はおくへひびいた。

「清子さん、よくいらした。」

香代子は、清子をあげて、じぶんの部屋へとおした。

「今朝の新聞に、わたしたちのことでたの読んだ。」

「ええ、読んだわ、名と所が書いてなかったのよかったのよ。」

「それでね、お父さんたちが、夜の食事をさせていただくのですって、お母さんたちが、うんとうでによりをかけて、おいしい料理をつくるんですって。」

「すばらしいことになったわねえ。」

「香代子さんのお母さんもいっしょにきてよ。」

「お母さんは、料理ができないわ。」

「そんなことないでしょうが、お手つだいしていただけばいいの。」

「母もよろこぶわ。こんなこと、お父さんがなくなって一度もないことよ」

清子は、どこまでもあかるい。

「それでは、四時に、わたしの家は近いから、お母さんといっしょにきてください。」

「春美さんのお宅でなさるの。」

「いいえ、英子さんのお宅よ、いっしょにいきますわ。」

清子は、お母さんにお目にかかったが、上品な方《かた》であると思った。

「それでは、四時に家へいらっしゃいよ。」

「お母さんによろしく。」

「グッドバイ。」(さよなら)

「シイユウ・アゲン。」(またお目にかかるわ)

清子は、よかった、お母さんもきなさる。

子鹿のようにはねて、とんでかえってきた。

「ただ今、いってまいりました。」

お父さんだけいた、お母さんは買いものにお出かけなさったときいて、

「ありがたい、天へのぼる心地《ここち》よ。あっ、報告をわすれました。お父さん、あのね、香代子さんのお母さん、よろこんできてくれるって。」

「よかったな、えんりょするかと思っていた。」

英子の家で

朝のうちに買い物をして、清子《きよこ》と春美《はるみ》のお母さんが、二時ごろ英子《ひでこ》の家へいった。料理の材料をもっていく、たくさんの料理ができるわけである。

野菜は、英子の家の近くの八百屋にたのんで、大きなかごに入れて届けてきた。

台所で三人のお母さんがはたらいていて、みんな白いエプロンをかけている。

「わたしは、支那《しな》料理をうけもちます。」

「西洋料理をなにか考えます。」

「日本料理をひき受けます。」

「みんなよろこばしてあげましょう。」

「腕《うで》によりをかけてやりましょう。」

三人のお母さんは、今までいろいろ会があって、料理屋へいったその時《とき》にたべて、味をみていたので、料理をつくるのは、あまりむずかしくはなかった。

「ちょっと、この味みて下さい。あますぎるかしら。」

「あの子たち、あまいのが好きですから、あまい方《ほう》がいいでしょう。」

料理は、つぎつぎに作られていく。大きな鉢《はち》にとっておいて、席についた時《とき》、めいめい皿にとり分けることにしていた。

日曜日の四時に、清子の家へ、香代子が、お母さんといっしょに訪ねてきた。

「いらっしゃい、今すぐいくわ。」

清子は、じぶんの部屋へひきかえして、すぐにあかるい顔があらわれた。

「さあ、でかけましょう。」

「たのしみですわ。」

晴れた青い空は、まぶしいくらいかがやいていた。日曜日なので、公園にあそびにいく人たちが駅から流れる水のようにでてきた。たのしい顔をしている、子供たちは、電車にのって、公園でたのしくあそべることに、むねをわくわくさせていた。

吉祥寺の駅から電車にのって、英子の家に近い駅でおりた。

「あそこの家よ。春美さんきていると思うわ。春美さんの家もここから近いから。」

英子の家へいくと、英子が門にたっていた。

「いらっしゃい。待ってたの。」

「香代子《かよこ》さんのお母さんでしょう。」

「ええ、お母さん、高山英子《たかやまひでこ》さんです。」

香代子のお母さんと、英子はあいさつした。

「さ、さ、おとおり下さい。」

英子は、みんなをじぶんの部屋へ案内した。

「きたなくしていますよ。がまんしてね。」

清子と香代子と、お母さんが、部屋へはいった。きたなくしているといったが、朝のうちに、さっさと家の部屋をきれいにそうじしてあった。

春美はきいた。

「よくいらした。時間どおりだわ。一分もちがわない。」

「香代子さんのお母さんね。」

「ええ、どうぞよろしく。」

春美は、ていねいにあいさつした。

英子は、そこへお茶をはこんできた。

「お母さんたち、てんてこまいよ、台所がせまく見えるのは、三人のお母さんが、さかんにいそがしくやっているからよ。」

香代子のお母さんが、そのことをきいて、

「お手つだいをいたしましょうか。」

英子は、手をふった、

「いいの、いいの、はじめは、お手つだいお願いするつもりでしたが。」

春美もいった。

「休んでいらして、お茶をめしあがれ。」

清子も、春美も、英子も、じぶんの家にいるとおなじ言葉をつかった。どこの家も、明るい家だったから。

清子のお父さんがいらした。春美のお父さんもいらした。英子のお父さんの三人で、西洋間で話していた。三人で話すことは、めずらしいことなので、話はそれからそれへと、つきることもなく、わらいが話を彩《いろ》どっていた。

英子の部屋では、四人が小鳥のようにさえずっていた。

みんなほほえんで、望みがみんなのほほえみのなかにあった。待っているたのしみも、ほほえみのなかにあった。部屋もあかるい、部屋にいる五人もあかるい。

あかるい、たのしい気分がみなぎった部屋に、

「おいしいものあげますよ。」

三人のお母さんたちが、約束している声がこの部屋のみんなの耳に、草をわたるそよ風のようにささやくのであった。

けれど、みんなは気がつかなかった。

みんなじぶんの家にいるような気がしていた。香代子も、香代子のお母さんも、よその家へきたような気が、すこしもしなかった。

清子のお父さんがいらした。アメリカに長くいただけに、きている服は、きちんとからだにあっていた。

春美のお父さんが、その次にいらした。やはり外交官として、フランスに長くいた。

清子のお父さんの洋服は、うすいみどり色で、毛おりの布地《ぬのじ》で織《お》ってあった。すいて見えるほどうすくて、秋に近い今きるのには、ちょうどよい洋服であった。白いワイシャツは、雪のように白く、ネクタイは、うすい藤色であった。アメリカにいたのでアメリカ風であった。

春美のお父さんの洋服は、うすねずみ色で、フランス仕立ての気のきいた洋服であった。やはりワイシャツは白くて、ネクタイは、うすみどりであった。

二人とも、上品であった、きちんとからだにあっていた。

英子のお父さんは、白麻《しろあさ》のこまかいかすりの日本の着ものをきておられた、しぼりの絹のへこ帯《おび》をしめていた。

「今夜の会がすんでから、わたしたちは、ゆっくり話《はな》しをすることにしましょう。」

清子のお父さんがそういって、なにか思いだしたようにほほえみを顔にうかべた。

「ええ、それはよい思いつきですな。会では、みんなが、一つになって、大いにたのしくしてやりましょう。」

春美のお父さんの目がかがやいた。

「こちらでやらなくても、たのしくすることを知っている。もっとも気がついてやるわけではないですが、あかるい娘だからな。」

春美のお父さんもこころよい声でいった。

三人の娘のお父さんも、あかるい方々《かたがた》で、いそがしくはたらいているので、三人ともわかく見えていた。あたたかい心でつながれていた。

三人は、一流の実業家であったから、みなおちついて、心は広くて話すのにも、ゆっくり話すが、それでいて、ほほえみをうかべて、きれいな言葉のリズムもなだらかであった。

英子のお父さんは、

「高等学校の二年生では、四人の仲《なか》よしが、小鳥のように、とびはねている。休み時間があるから学校が好きだっていってますよ。」

清子のお父さんはわらって、

「四人の仲《なか》よしだからな。まるで姉妹《きょうだい》みたいだね、けんか一つしたことはないものね。」

二人のお父さんの顔には、あかるいものがうかんでいる。よき父、よき娘は、強い父の根にやさしい娘の花が咲いたようなものといえよう。心はあたたかく結ばれる。

英子の部屋では、四人が雀《すずめ》のようにしゃべっていた。はしゃいでいる。わらっている。

「どこの家のお母さんが、一ばんおいしいお料理をつくるかな。」

清子がいうと、すぐに英子が、

「相談してつくるのだから甲乙《こうおつ》なしさ。」

香代子もすぐに、

「みなさんのお母さんたち、きっとおじょうずに、お作りになるわ。」

英子が、目をかがやかして、

「支那《しな》料理もいいな、西洋料理もいいな、日本料理もいいな、三人のお母さん、みんな料理を作るのはうまいらしい。」

そこへ英子のお母さんがきて、

「お待ちどうさま、仕度《したく》がすみましたよ、あちらの部屋へどうぞ。」

たのしみながら、英子のお母さんの後についていった。二つの部屋のあいだのふすまをとって、大きな机を三つならべて、白い布でかけてあった。その上に、いく皿か、お料理がのせてあった。

「名まえを書いた席について下さい。」

みんなが席につくと、清子がわらって、

「今夜は、あたしたちが上席《じょうせき》ね。」

英子もわらって、

「たいしたものだな。えへッん。」

そこへ、清子と、春美と、英子の、三人のお父さんたちがきて席についた。

三人のお父さんは、香代子のお母さんと、香代子にははじめてなので、清子のお父さんは、ていねいな言葉でいった。

「香代子さんのお母さんですね、はじめまして、どうぞよろしく。」

香代子のお母さんも、ていねいにいった。

「どうぞよろしく、今度はお招《まね》きいただきましてありがとう存じます。」

「こちらは、春美さんのお父さん、こちらは英子さんのお父さん。」

清子のお父さんが、ひきあわせて、香代子のお母さんとあいさつした。

「どうぞ、おらくに。あなたの御《ご》主人には、お目にかかったことがあります。信仰がふかくりっぱな牧師さんでした。」

香代子のお母さんは、清子のお父さんが、主人をほめるのは、気をらくにさせるためとわかっていた。香代子も、あいさつした。

英子のお父さんが、みんなのグラスに、ぶどう酒をついだ。

「手があいたね、お母さんたち席についておくれ。」

三人のお母さんたちが、疲《つか》れも見せずに、部屋へはいってきて席についた。

「さ、あいさつは後《あと》まわし、さ、今夜の会は四人の少女たちが主客《しゅきゃく》です。では健康を祝《しゅく》して、かん杯《ぱい》。」

四人の少女たちは、あかるくわらって、

「ありがとう、うれしい。」

ぶどう酒は、みんなのんだが、あまくて香りがたかい古いぶどう酒であった。

「おいしいわ、たくさんのみましょう。」

英子さんのお父さんが、

「いくらのんでもいい、のびても家だからね。」

清子もわらって、

「あたしは、さきに二はいいただくわ。」

お祝いの会

明るいあかりが、部屋のなかのたのしい顔を照らしていた。白い布の上に料理が、もよう皿につけてあった。

「さあ、はじめて下さい。」

「これ支那《しな》料理ね。」

「*クロウヨという料理だよ。」

「おさしみは、とても新《あた》らしい。」

「ほうれん草のピイナットあえね、おいしいわ。」

清子がいう、つづいて春美がいう、

「枝豆とずいきと魚のすのものね。」

三人のお父さんと、三人のお母さんが、みんなほほえみを浮べて、お料理を食べながら話していた。

「四羽の小鳥のようだね、あかるいね。」

「姉妹《きょうだい》みたいに、愛しあってる。」

「気のいい少女ばかりだ。」

お父さんたちの話は、少女たちの耳にはいらなかった。

お母さんたちも、ささやきあっていた。

「あかるい少女たちですね。」

「いきいきしていますね。」

「わかわかしいですね。」

このささやきも、四人の少女にはきこえなかった。

お父さんたちと、お母さんたちが、話しているあいだに、少女たちは、おしゃべりと、食べることでいそがしい。

「これはシュウマイね。」

「おいしくできているわ。」

清子《きよこ》は、お母さんにたずねた。

「お母さん、これ、コキイルでしょう。どうやって作るの。」

「貝のふたにいれてあるでしょう、じゃがいもをつぶして、バタとミルクとおさとうで味をつけたのよ。」

「説明をきくとおいしいわけね。」

英子《ひでこ》がお母さんにたずねた。

「ぶた肉が、ずいぶんやわらかくにえていますね。」

「とろ火でとろとろにたからですよ。」

「これなら、老人でもたべられるわ。」

みんなボールがはねるような、ぽんぽんはずむ言葉のリズム、ピアノがあったら、あかるいたのしい歌になると思われる。

春美《はるみ》のお母さんが、おぼんにおつゆをもってきた。熱いおつゆで、ふたをとると白い湯気がのぼっていく。

「にわ鳥と、三ツ葉《みつば》と、おとうふと、松だけね、おいしいわ。」

清子も、英子も、香代子《かよこ》も、春美も、ふうふうふきながら、熱いおつゆをのんだ。

「よくできているわ。味がいいわ。」

お母さんたちは、三人が作った料理を、よろこんでたべてくれるのを、ほほえんで、満足そうに見ていた。お母さんたちも、じぶんたちの作った料理をたべていたが、

「わりによくできましたねえ。」

「カツレットをもうあげてもいいでしょう。」

「ええ、おねがい致します。」

英子のお母さんが台所へいった。大鍋《おおなべ》で、じんじん油がにえたつと、大きなぶたの片《きれ》に衣《ころも》をつけて、パン粉をつけて揚《あ》げた。大皿に一つずつのせて、わきに、キャベツの葉をきざんだのをつけ合《あわ》せにした。

お母さんは、それを二つずつ大きなお盆《ぼん》にのせてはこんできて、清子と春美の前においた。すぐにひきかえして、つぎの二つは、香代子のお母さんと、香代子の前においた。

「わたしもはこびましょう。」

みんなの前においてから、

「熱いうちにめしあがれ。」

英子のお母さんがいった時、少女たちの手は動いていた。器用《きよう》な手つきで、

「これはすばらしい。」

「うすっぺらな、スリッパみたいのとちがっているから、おいしいな。」

「天下一品《てんかいっぴん》。」

「舌の用心。」

「ほっぺたおさえて。」

四人とも、カツレットを、スピードをだして、たちまち平《たい》らげてしまった。

ぶどう酒をついでのむ。

「さて、つぎはなにかな。」

「お母さん、おいしかった。この次は、なにがでてくるのですか。」

春美がたずねると、お母さんはわらって、

「さ、なんでしょう、すぐ持ってきます、いわないほうが花よ。」

春美のお母さんは、席をたって台所へいって、しばらくすると、伊勢《いせ》えびを二つに切って皿にのせていた。みんなの前に、赤いえびのなかに、なにかおいしそうなものがはいっている。みんなは、目をかがやかして、

「すばらしい料理だわ。」

「こんなのはじめてよ。」

「まずもって、舌の上においで。」

「よろしくおやんなさいと。」

光《ひか》りの子たちか、よろこんで顔をかがやかしながら、小さいフォークで味わった。

「みんな、はがいいから、なんでもたべられる。ありがたいよ、こんな時《とき》には。」

「イエス、イエス、ザッツオウライト。」

「グッド・テースト。」

これは、いい味ということ、
次から次へ味わったが、話しながらたべるので、さほどでもなかった。まだ、たべられるわと、四人は考えていた。

その時《とき》、清子のお母さんが、

「お祝いですから、お赤飯《せきはん》をたきました。たくさんあがって下さい。」

「お赤飯《せきはん》だい好き。」

「ありがとうお母さん。」

清子と、英子のお母さんが、お赤飯《せきはん》を台所へとりにいった。春美のお母さんが、先へいっていて、大きなどんぶりにお赤飯《せきはん》をつけて、ゴマをかけてあった。

それを二人のお母さんがはこんできて、みんなの前へおいた。

「山もり、こてもりよ。」

「すぐ攻めたてて、城をおとすのよ。」

「レッツ・アス・ゴウ。」

さあ、いこうというのが日本語の訳。

みんなたべました。おいしいなと、なん度もいいながら、たべました。

「かたくも、ないし、やわらかくもない、ちょうどいいお赤飯ですね。」

お赤飯をたべてみちたりた。だれもかれも。

その次には、林檎《りんご》とぶどう、コーヒーと洋菓子《ようがし》がはこばれた。

四人の少女は、たのしかったお祝いの会のことを思いながら明るい顔であった。

「ぶどうあまいわ。」

「たねといっしょにのむのが、ぶどうのほんとのたべ方《かた》ね、甲州《こうしゅう》の人たちみなそうよ。」

「ちょっとしぶいときは、そういうたべ方《かた》がいいって。」

「舌がそぎ*ないからね。」

三人のお父さんも、たのしく話していた。三人のお母さんも、たのしく話していた。部屋いっぱいに、話し声とわらい声が、あふれるほどで、みんなの心をもかがやかしかった、幸福が、愛情が、この部屋を祝福しているのであった。

四人の少女たちは、こそこそ相談をして、春美があいさつをして四人でうたうことにきめた。それは、英子の部屋で、四人で相談して作った感謝の気持をあらわす歌であった。

四人の少女がたたくと、春美がほほえみを浮《うか》べながら紙を見た。

「今夜のお祝いの会を、開いて下《くだ》すってありがとうございました。そのお礼に、四人の合作を読むことにします。

手品を見たことありますか
手品使いが、かぶっている
黒い帽子《ぼうし》をぬいでから
テーブルの上において
なかからなにが出ますかと
手をいれると、白い鳩《はと》
五色の紙の糸　玉子三つ

ガラスの水のなかの金魚

それよりも　ふしぎな手品
あたたかい心とはたらく手
かわいい小人がかくれている指
小さいエンジン動いている指
ま法《ほう》にかかった指
お母さんたちの指が
いく本あるでしょう
みんな合《あわ》せて三十本

三十本の指がはたらいて
なにができたでしょう
すばらしい、おいしい料理
料理屋の料理より

ずっとずっとおいしかった
お母さんたち　ありがとう
サンキュウ・ベリマッチ

四人の少女が、この歌を合唱したが、お父さんたちも、お母さんたちも手をたたいて、四人の少女をほめそやした。

「ありがとう、お礼の歌ありがとう。」

「おもしろい歌ですね、手品とはよかった。」

「気《き》どらないからいいのだよ。」

「合唱は一つの声になったね。」

「心がつながっているからね。」

「水の流れのさざめきのようだった。」

お父さんたちにちも、お母さんたちも、そんなふうに、ふざけてほめた。

英子のお父さんが、その時《とき》いった。

「まだ早いから、お父さんたちは、応接室《おうせつしつ》で話すつもり、お母さんたちは、この部屋でお話し下さい。

香代子さんのお母さんもどうぞ。四人の少女たちは、英子の部屋で話すといい。」

三つに別れた部屋で、どこの部屋が、一ばんたのしいか。

どこの部屋もたのしかった。

お父さんたちの応接室《おうせつしつ》でも、話がはずんだ。

お母さんたちの部屋でも、話をしていたが、ここでは、ときどきわらい声がきこえた。

けれど、一ばんたのしかったのは、四人の少女の部屋であった。いくら話しても、話はつきない。山の泉でわく水のように、四人のよろこびは果てなくわきでたのであった。

時計が十時を知らせた。

あいさつが交《かわ》されて、あかるい顔が、夜の星空の下の道をあるいていく。清子は、お父さんと、お母さんと、香代子はお母さんとあるいていく。近い駅から電車にのって、吉祥寺《きちじょうじ》の駅で別れた。

「さよなら、またお目にかかりましょう。」

清子は、香代子の手をにぎっていた。

香代子も、清子の手をにぎりしめた。

「ありがとう、いくら話してもつきないわ。」

清子は、お父さんにおいつきたいと思って、いそいであるいていった。

「お父さん、たのしかったわ、いい思いでよ。お父さんもおなじこと。」

「そうだ、お祝いの会はたのしいものだ。お父さん方《がた》もそうだ、料理を作るのにいそがしかったお母さんたちもおなじくたのしいよ。」

星は空から、たのしい人たちを見て、みんながベッドにはいった時に、きれいなゆめを贈ったかもしれない。

松田先生

九月八日から、明光学院《めいこうがくいん》の女子高等学校がはじまるが、三年生の仲《なか》よしが顔をあわすのは、あと三日であった。

秋空は青くすんで、夜は月が照った、秋は実りの季節で、お米も、ぶどう、柿、栗、いちじく、みかんなど秋の恵みはゆたかだ。

夏休みのたのしい思いでを心に、望みの花を咲かせている。校庭に二人が三人が、仲よく話しているる。しばらく別れていたから話しても話はつきない。みんなの顔はかがやいている。

清子《きよこ》が、よろこびとともに先《さ》きにきた。

校門のそばに立って、英子《ひでこ》と春美《はるみ》のくるのを待つことにした。

白菊が清らかで、黄菊《きぎく》も、豆菊《まめぎく》も咲いている。むらさきの紫花《しおん》も咲いている。

「きれいな花ばかり。」

そこへ英子がきて、清子を花畑に見つけて、

「グッドモウニング　ミス清子。」

「グッドモウニング　ミス英子。」

「お祝いの会していただいてよかったね。」

「たのしかったわ。」

そして香代子《かよこ》が校門をくぐってきたのを見つけて清子が、香代子に、

「グラッド・ツウ・シイ・ユウ。」

「セーム・ツウ・ユウ。」

お目にかかってうれしいと清子がいって香代子がわたしもおなじですといったわけ、日本語に訳すと。

そこへ、春美がきた。香代子がいった。

「これで、四人のガールスがそろったわ。」

「東、西、南、北かな、四つは。」

「そんなのだめよ。春、夏、秋、冬で四つよ。」

「もっとなにかないかな。花と、小鳥と、星と、虫かな。」

「それもぴったりしないな。」

「まあ、それはそれとして、九月二十五日のこと知っている。」

「知っているわ、開校した日でしょう。」

「ええ、記念日には、劇があるから、わたし四人で、なにか劇をやってみない。」

「やろう、やろう、熱をこめて。」

「人がたらなければ、おなじクラスの人はいやだ。一学年の女学生を頼んでもいいね。」

その時、学課はじめを知らせる鐘《かね》が、秋の校庭に、すんだひびきがあふれた。

花びらが散っていて、風が集めるように、鐘《かね》の音《ね》をきくと、校庭にちらばっていた学生たちが集まって、列をつくって、教室へはいっていく。明るい教室の、秋の教室。

秋の草花が咲いていくうちに、九月は半《なか》ばすぎた。

国語を受けもっている松田《まつだ》先生が、教室にはいってくると、快活《かいかつ》な顔がくらくなったのを見たが、学生たちは、ひと言もいわずに、下を向いていた。

松田先生は、思いきって話しはじめた。

「かなしいことを報告します。」

みんな心が張《は》りきった。

松田先生は、*女高師《じょこうし》の出身で、二年級の主任であった。その松田先生が話すのであった。

「それは、この級のある学生が、その筋《すじ》へあげられたのです。わたしは主任として、責任がおもいことを知っていますから、もうお目にかからないかもしれません。」

みんなは、だれかと、欠席をかぞえると三人で、田中《たなか》さんは病気、宗村《むねむら》さんと岸野《きしの》さんの二人のなかで、どちらかにちがいないと思った。けれど、まさかとも考えた。

「どなたか二人のうちの一人よ。」

「でも二人とも、そんなことをしないわ。」

みんなふしぎな事件だと思った。

それにしても、松田先生と別れるのはいやだった。

美代子《みよこ》は、この重くるしいことに、たえきれない気がした。美代子は手をあげて、

「先生、このクラスの一人というのはどなたですか。そして、どうなさったのですか。その事件というのはなんでございますか。」

松田先生は、美代子を見ていたが、目になみだがたまっているようであった。

「やがてわかるでしょう。わたしは、もうこれ以上お話《はなし》したくありません。この時間は、自習するように。」

みんなむりもないことと思った。先生がお気のどくでならなかった。

それにしても、どなただろう。宗村さんかしら、岸野さんかしら。」

宗村さんと仲《なか》よしの美代子は、不安でたまらなかった。

「けっして宗村さんではない。宗村さんは、正しい方《かた》です。警察へあげられるような方《かた》ではない。」

そう信じているものの、むねさわぎがするのであった。

みんなは、形だけは、机のうえに国語の教科書をだした。自習しているように見せかけ不安な目を光らせていた。

「どうなるのでしょう。」

「こまったことになったわ。」

「警察にとめられているのね、きっと。」

「あ、いやだ、いやだ。」

けれど、この事件、宗村さんと岸野さんと、どうしたって結びつけることはできない気がするのであった。

宗村さんは、服の好みなど、どっちかといえばはでであった。顔もきれいであったが、暗いかげのない人で、わるずれもしないいし、勉強もよい成績をとっている。

岸野さんは、じみな方《かた》で、おとなしくて気の小さい方《かた》で、仲《なか》よしもないわり、だれからもわるいうわさをたてられたことはなかった。クラスでは目だたぬ方《ほう》であった。そして、成績《せいせき》も中どころでとまっていた。

けれど、この事件にかかわりのある方《かた》と考えれば、この二人のうちの一人であるほかはなかった。が、三分とは本のうえに、目をさらさなかった。

松田先生は、ふところから、黒い小さな手帖《てちょう》をだして、なにか書きこんでいた。そのことが、今日はひどくおばあさんじみて見えた。心配のためかと、みんなは暗い気持で、おりおり目をあげて先生を見まもった。

教室の外に足おとがした。

やがて、戸があくと、小使《こづかい》がはいってきた。小使《こづかい》は、松田先生のところへいって、なにかひくい声でいった。

先生は、かるくうなずいて、小さな手帖《てちょう》をかくしにいれてから、

「ちょっと用事があります、いってきます。静かにしていて下さい。すぐにかえってきます。」

先生は教室をでていった。

先生がいなくなると、どうしても、しぜん話し声がたかくなった。いよいよ事件が重大になっていくような気がして、だれもかれも、二十分ほどして、松田先生が教室へはいっていらした。みんなの顔は、いいあわせたように、先生にむけられた。

先生は、教《きょう》だんに立つと、かるくれいをして口をきった。

「あの今、警察から電話がかかってきたのです。昨夜からごたついていましたが、とにかく事件は、今、調べています。わたしが、あんまりあわてて、早くみなさんにお話しして、心配させたことを、すまないと思っております。

どうか、さっき申したことは、ここだけの話にして、事件がはっきりするまでは、あまり心配しないでいて下さい。」

みんなは、先生の話しぶりをきいて、もしかしたら警察にあげられたとしても、人ちがいかもしれない、と思っていた。

「たいしたことでなければいいわね。」

「先生が学校をおよしにならないですむようだといいけれど。」

先生は、いつもの快活《かいかつ》ではなかった。時間のおわりを告《つ》げる鐘《かね》がなって、校庭にみんなとんででた。

美代子は、宗村さんが気がかりで、昨日も休んだので、かえり道に訪《たず》ねることにした。

許して下さい

「病気なら安心だけど、まさか警察へ——。」

不安にかられて、咲子《さきこ》の家のげんかんに立ってよぶと、咲子が顔をあらわした。

「咲子さん、なにかあったの。」

「きて下《くだ》すってありがとう。」

美代子《みよこ》は、あがりかまちに腰をかけて、咲子のひざに手をかけた。

咲子は、その手をにぎりしめて、

「心配なさったのね」

「ええ、とても心配したわ。あなたではないことを、信じていましたが。」

咲子は、美代子と、じぶんの部屋へいった。

「今朝のことよ、目つきのわるい刑事がやってきて、森山《もりやま》という男を調べたことを話した。森山は、いつも大学の学生服をきて、角帽《かくぼう》をかぶって、さまざまな悪事、ゆすり、ぬすみ、すり、かっぱらいなどを、男の子や女の子を五六人、手下にして使っていたのよ。」

「ひどいやつなのね。」

「ところが、その森山が、刑事に調べられた時《とき》に、わたしが学校からかえる時《とき》、森山が話したことがあるといったの、それで、わたしを警察へつれていって調べたの、けれど、心やましくないから、顔色ひとつかえなかったわ。」

「そうよ、あなたの心きれいよ。」

「森山は、わたしを道づれにすれば、罪がかるくなると思ったらしく、宗村咲子《むねむらさきこ》も、手下の一人だといったのよ。」

「わるい不良少年ね。」

「刑事が学校へいって調べたし、家にきてわたしとお母さんを調べてから、森山を調べると、やはりうそをついていたことがわかったの。」

「白ということがわかって、よかったわね。」

美代子はほっとしてそういった。

「警察では、誘惑《ゆうわく》にまけなかったわたしのことをほめたわ。学校へいっても話してくれたって。」

「よかったわねえ。」

「けれど、朝の十時に、おばさんのおとむらいがあったのにいけなかったわ。とんだことだったわ。」

咲子は、順序よく話してくれた。

美代子は、ちょっとでもうたがったことをはずかしがった。

美代子は、松田先生が、話したことをくわしく話してきかせた。

「先生が、警察から電話があったり、わたしが刑事に調べられたりしたことを、信じてもらえなかったのはさびしいわ。でも、先生をわるいと思わないわ。」

美代子がたずねた。

「だけど、お家《うち》でもみなさん、心配なさったでしょう。」

「ええ、お母さんなどびっくりなさったわ。なにしろ刑事なんて、こわいおじさんがきたのですもの。」

「ほんとね、刑事っていやな人でしょうね。」

「べつにいやってことないわ。でも、気のせいか、目がぎょろっとしているの。」

咲子は、白いはを、美しいくちびるから見せてはじめてわらった。

「警察っていやなところでしょう。」

「陰気《いんき》くさくて、つめたくて、それに、おまわりさんが、じろじろとわたしを見ているんでしょう。」

咲子は、またうすわらいをした。

「でもほんとによかったわねえ。」

その時、げんかんで声がした。

「ごめん下さい。」

咲子は、すぐにたっていった。

「あら、松田《まつだ》先生。」

咲子の声が、高くひびいてきたので、美代子も、すぐにたっていった。

松田先生は、うつ向《む》いて立っていた。

「どうぞ、おあがりなすって。」

咲子が先生の手をとった。

先生は、やっとあるけるように、靴《くつ》をぬいであがった。

咲子の部屋へくると、くずおれるようにすわった。机の上に、白菊《しらぎく》の花が香《かお》っている。

先生は、白菊《しらぎく》の花を見ているうちに、目に涙がたまって、ふきもせす涙がながれて、

「宗村さん、主任としてクラスの方々《かたがた》を知っているはずなのに、あなたを信じて、返事しなかったことを、どんなにお恨《うら》みになってもあたり前と思っています。どうぞお許し下さいませ。」

咲子も美代子も涙ぐんだ。

「じぶんの足りないことと知りました。あなたの品行について、いい張《は》るべきでしたのに、刑事のい

うことを、ほんとにしたのです、主任をつとめる気はありません。もし許していただいても、わたしは、じぶんを許すことはできません。」

そういった先生のお顔に、なにかこう悲しみと痛《いた》みの影《かげ》がうかんでいた。

「もしかしたら先生は、学校を去るつもりではないかしら。」

そんなことが、美代子に考えられた。

咲子は、かえって、先生にお願いするようなふうに、

「そんなことありませんわ、先生、どうぞもうこのうえおっしゃらないで下さい。わたしこまってしまいますわ。」

「では、もうこの話はやめましょう。だけど、あなたが、その森山とかいう不良少年の手にかからなかった勇気を、なによりもありがたく思います、そのお喜びをいわなくてはなりませんわね。」

咲子は、ちょっと顔をあからめたが、

「でも先生、その勇気は、先生にいただいたものですわ。いつもおっしゃったことをしただけですの。」

咲子は、そういって、先生のひざに顔をあてて泣きくずれてしまった。

この思いがけないことに、先生も涙をながしながら、

「ありがとう、宗村さん。」

先生は、手で咲子のやわらかい髪をなでた。

美代子は、先生と咲子のあいだの、この気持をうれしく思いながら見ていた。

「先生は、もう学校からお去りなさりはしない。」

そう考えて、美代子は安《やす》らかな気持になれた。そして、心のなかで、先生と、先生のひざにうつぶしている咲子を、美しい画像であると思っていた。

そのあくる日、国語の時間ではなかったけれど、第一時間に、松田先生は教室にきて、すべてのことを話して、宗村咲子をほめたたえた。

咲子は、こうしてクラスの勝利者で勇者であったといえる。ほんのすこしでも、咲子をうたがったことをはずかしく思っていた。

美代子はしあわせだった。咲子と仲《なか》よしなのをうれしく思っていた。

咲子は、今日は欠席していた。昨日、おとむらいにいかれなかったので、今日はお墓まいりにいったのであった。

美代子は、そのなくなったおばさんと、二度ばかり咲子の家であったことがあった。

「下町《したまち》の長くつづいた店のおかみさんであったが、男まさりであったそのおばさんは、咲子のことを知って、喜んでいらっしゃるだろう。」

美代子は、そんなことを考えていた。

松田先生も、今日は、いつもの快活《かいかつ》をとりもどしていた。心があかるくなり、顔もあかるくなった。かべが、いつもより白く見えた教室には、暗いかげは、すこしもなかった。

咲子は、みんなから祝福されていた。

「ほんとに、よかったこと。」

美代子は、その日、なん度となくそういった。

新《しん》美《び》会《かい》

秋九月二十から三十日まで、新美会《しんびかい》の展覧会《てんらんかい》が、銀座《ぎんざ》の画廊《がろう》でひらかれる。この展覧会《てんらんかい》は、青年画家で会をつくって、新《あた》らしい美を描《か》こうという望みをもって、毎年ひらかれるのであった。

清子《きよこ》の従兄《いとこ》の吉田一郎《よしだいちろう》は、清子にじぶんの去年描《か》いたばらの絵の、絵はがきに書いてきた。

「出品画《しゅっぴんが》ができあがったので、モデルになっていただいたから、見ていただきたいのです。多摩川《たまがわ》の流れのなかで、三人の少女が水にはいっていますが、夏の光《ひか》りをわりにしてとらえたつもりです。二三日のちに、出品しますが、それまでにみなさんごいっしょにどうぞ。」

清子は、あくる日、学校へいった時《とき》、春美《はるみ》と英子《ひでこ》に、その絵はがきを見せた。

「いついこうか、いつが、御都合《ごつごう》がいいの。わたしは、いつでもいいわ。」

清子がたずねると、春美は、

「今日のかえりでもいいわ。近いのでしょう。」

「森のなかの小屋ですよ。」

英子も、

「そう長くかかるわけでもないから、かえりにいっていいわ。」

約束ができて、その日、学校のかえりに、三人は、絵のことを話していた。

「せっかくモデルになったのだから、よく描《か》けているといいが。」

英子がいうと、清子が、つづけて、

「いつか話したわね、そうそ、あなた方《がた》が、はじめて一郎さんを見た日でしたね。お父さんが、一郎さんのこと見《み》こみがあるって、それで、絵具《えのぐ》や画筆《がひつ》を買うときには、お父さんがお金をあげるの。」

春美が、そうそうというように、

「きいた、その話うかがったわ。」

清子がいった。あかるい声で、

「天才ではないでしょう。天才は、そうざらにはいないが、一郎さんが、画才《がさい》をもっていることはたしかなわけよ。」

　春美がわらって、

「画才《がさい》がなければ、絵は描《か》けないわけね。」

「それは、あたりまえのことたが、秀《すぐ》れた画才《がさい》ならばいいわけよ。」

「わたしたちの学校には、画才《がさい》の秀《すぐ》れた方《かた》いるかな。」

「まい年の展覧会《てんらんかい》にも、これというのないわ。」

　秋の光《ひか》りは、夏の光《ひか》りよりも、その明るさは美しく、それは青い清くすみちぎった空からさしてくる光《ひか》りだから。

　実りの秋は、読書するにも、一ばんよい時で、実りがあるわけ、絵を描《か》くにも、夏は画筆《がひつ》をとることもおっくうでであるが、すず風が、八月半《なか》ばがら吹きはじめて、秋は風とともに訪《たず》ねてくる。

　海から吹いてくる風が、すず風のなかを、清子と、春美と、英子は、森のなかの小屋の前にたった。

　白いペンキでぬってあった。

　清子は、二人へふり返って、

「この家、名ふだもない、のんきだわ。」

「訪《たず》ねるものは風ばかり。」

清子は、吉田さんと声をかけた。

戸があいて、一郎が顔をだした。

「おそろいですね、あがって下さい。」

一郎は、よろこびが顔にあった。

アトリエは、二十四枚のたたみが敷《し》ける板の間《ま》で、北の窓はガラスがはってあった。手製の椅子《いす》に腰かけて、三人は一郎の描《か》いた花と風景の絵を見ていた。ほかに、ミレイの晩鐘《ばんしょう》の名作と、ラファエルのマドンナの名作がかかっていた。

一郎は、画架《がか》にかかっている白布をとると多摩川《たまがわ》の風光のなかに三人の少女が、水の流れに足をひたしている。よく描《か》けていますねというと、一郎は顔をあからめて、

「あかるい光をとらえて、多摩川《たまがわ》と、三人の少女をあかるく描《か》いたつもりです。きれいに仕《し》あげないで、よろこびの絵にしたかったのです。」

春美は、一郎に、

「よくわかりませんが、これだけ描《か》けば、いいと思いますが。」

「ええ、できるだけ描《か》いたつもりです。」

清子が、たずねる。

「展覧会《てんらんかい》は、いつですか、どこで開かれるのですか。」

「銀座《ぎんざ》に、新光画廊《しんこうがろう》というのがあります、わたしたちの仲間《なかま》は七人ですから、あまり広い会場ではない方《ほう》が、おちついて見ていただけるのです。九月二十日から三十日までです。」

「銀座《ぎんざ》ならいいわ。見にいくわ。」

清子は、地図を書いてもらうことを頼んで、一郎が説明しながら書いてくれた。

「それでは、きっといきます。ほかにもいい絵がありますか。」

「みんな張《は》りきって描《か》いてます。」

しばらく話した。さよならと明るい声がひびいた。絵を描いたり、食事のことをしたりたいへんだろうと話しあいながらあるいていた。

「たいして、そんなこと苦労にならないかもしれないわ。」

清子はよく知っていた。

それから、いついくか相談して、土曜日が朝だけ学課《がっか》がある日だから、その日にいくことにきめた。

その日、学校のかえりに電車にのって、新橋《しんばし》でおりて、銀座《ぎんざ》をあるいた。男が女がたくさんあるいていたが、去年にくらべると、服も靴もきれいになって、店のかざりも品物がずっと多くならべてあった。

地図を見ないでも、画廊《がろう》はすぐわかった。

「新美会展覧会《しんびかいてんらんかい》」

戸口に立ふだがあった。

清子と、春美と、英子は、画廊《がろう》のなかにはいったが、招待日《しょうたいび》なので、美術批評をする人や、画家たち、会員の家族たちが、しずかに絵を見ていた。

一郎の絵は、花の絵や、風景画の海や山の絵のなかに、三人の少女が流れのなかにいるのは、一ばん目につく絵であった。

三人は、その絵に立って見ていたが、

「あ、赤紙がはってあるわ。」

「だれが買ったのでしょう。」

「わたしたちが、モデルになったので、買ってくれた人がいたのはうれしいわ。」

「ほんとに、そう思うわ、わたしも。」

「一郎さん、よろこんでいるわ。きっと。」

そこへ一郎がきた。

「ちょっと、友だちとお茶をのみにいっていたので。」

「売れましたね。」

「ええ、どなたが買って下《くだ》すったか、会がすんだら、とりによこす、といっておられたそうです。」

一郎の目はかがやいていた。よろこびが、顔をあかく染《そ》めていた。

「もう絵をごらんになりましたか。」

「ええ、見ました。」

「それでは、ちょっとそこまで、お供《とも》させていただきます。」

一郎は、三人とつい近くの、あまいものを売る店へはいった。女のお客が、たくさん席についていたが、あまいものは、男の人たちより好きのようだ。

一郎は、お汁粉《しるこ》と、栗《くり》ぜんざいを二つずつ、三人のために頼んだ。

あまかった。あまい好きの三人も、それだけたべるとうんざりした。

「この店は、あまいので評判の店です。」

清子は、それでも、三人のうちでは、あまいものが、一ばん好きであった。」

一郎が、お金をはらった。

「今日は、絵が売れたよろこびを、おすそ分けさせていただきました。」

画家は、じぶんの絵を愛して売りたくはない気持もあるが、また、絵を好いてくれて、買ってくれる方《かた》があるように希《ねが》う気持もある。

一郎は、今は売れたことをよろこんでいる。

一郎と別れて、三人は銀座《ぎんざ》の人波のなかをあるいてきた。アメリカの自動車が、たくさん走っていた。おちついた色でぬってあって、早く走っているのに、すべるようであった。

清子は、その夜、お父さんが、わりに早くおかえりになったので、吉田一郎の絵を見にいったことを話すと、お父さんは、

「あの絵はよく描《か》いてある。あなた方《がた》をモデルにしたといっていたが、多摩川《たまがわ》の夏の光《ひか》りを、あれだけ描《か》くのは、相当の苦心がいると思う。」

「売れていました。」

「お父さんが買ったのだよ。」

「まあ、そうですか、ちっとも知らなかったわ。一郎さんも気がつかないようよ。」

「名をださなかったから。」

「応接室《おうせつしつ》にかけておくから、一郎はそれを見てびっくりするだろう。」

「お父さんのおっしゃるとおりね。」

会がすんで、五六日たってから、一郎は清子の家へきた。応接室《おうせつしつ》に、清子がつれていくと、一郎は、

よろこんで、

「お父さまが買って下さったのですね、ありがたいな。ほかの人の家だと、見にいきたくなってもいかれませんが、清子さんの家なら見たい時《とき》にこれます。」

「あたしたちが、モデルになったからよ。」

「それは、もちろんのことです。多摩川《たまがわ》へは、あれからいく度《ど》もいきました。あなた方《がた》に、アトリエにきていただかなくても、ちゃんと心に描《えが》いていましたから、それを描《か》けばいいわけです。」

よろこびが心にあって、一郎の言葉は、画家らしく、ゆめをもって、幸幅のなかに、花咲くように香っていた。

一郎の前途は明るかった。

開校記念

九月二十五日は、開校した日で記念日で、毎年、学芸会があった。一時からはじまるが、大倉《おおくら》すみ子が、ピアノをひいた。野ばらの歌という小曲で、ゲーテ作詩で、シュウベルトが作曲したものである。美しい明るい曲であった。

童《わらべ》は見たり　野中《のなか》のばら
清《きよ》らにさける　その色を愛《め》ず
あかずながむ青きばら
くれない香《にお》う　野中《のなか》のばら

手折《たお》りてゆかん　ばらの花
手折《たお》らば手折《たお》れ白きばら
思いでぐさに　野中のばら
君を刺《さ》さん　くれない香《にお》う

童《わらべ》は折りぬ　野中《のなか》のばら
手折《たお》りてあわれ清《きよ》らの色香《いろか》
とわにあせぬ赤きばら
くれない香《にお》う　野中《のなか》のばら

シュウベルトは、十九才で作曲をいくつもして、どれもよろこびを曲にあらわした。

シュウベルトは、月光が照《て》らすのが好きで、窓からさす月の光りが明るいので、あかりを消して、ピアノをひいたが窓の外には、ぼだい樹《じゅ》の白い花がさいていた。

大倉すみ子が、野ばらの歌をひきおわると、講堂にいっぱいに、拍手《はくしゅ》の音がひびいた。

今度は、大倉すみ子が、ピアノをひいて伴奏《ばんそう》して、池田光子《いけだみつこ》が、バイオリンをひいた。

光子は、今十七で、この明光学院《めいこうがくいん》の高等学校の二年生で、清子と英子と春美と香代子の四人の仲よしと、おなじクラスであった。光子は、ロシアの曲をひいた。

それは、なつかしい思い出の歌で、ロシアの風景をうつした曲であった。

やさしい旋律《せんりつ》ではじめられた。ゆるやかにふくれあがって、水が岩のあいだにたたえるように静かな調子になっていく。

光子は、バイオリンをひきながら、曲のなかに心がとけこんでいく。

曲のなかに、ゆめが、ロシアの国の風光《ふうこう》のなかにあった。青く晴れわたった空をうつして、流れていく夏のロシアの大川、やがて、夏もすぎて、紅色《べにいろ》づいた木々の夏が、つめたい風にまいあがって、遠くふきとばされる。

冬がきた、嵐があばれまわる、暗い夜がつづく、雪がふる。風にまいあがる。雪のなかを、馬がひくそりが走る。

やがて、かるい気分になって春がきた。

森のしずかな呼び声、松の香《かお》り、草に咲いた花、草をたべてる白い牛。

おだやかな日ざし、青い空にながれる。かがやく雲。

光子は、今日はすこし熱があったが、そんなことは、バイオリンをひくことに、すこしもさしつかえなかった。

光子がバイオリンをひきおわると、講堂できいている全校の学生たちは、ほっとして、ゆめからさめたようであった。

気がついて、手を拍《う》って、光子の美しい曲を、よい技巧《ぎこう》でひいたことに報《むく》いた。

今度は「ガラスの靴」の劇であった。

清子《きよこ》と、英子《ひでこ》と、春美《はるみ》と、香代子《かよこ》の四人の仲よしが出演するが、はじめは、「長靴《ながぐつ》をはいた猫」をするつもりだったが、巨人がでてくるので、それをやめて、「ガラスの靴《くつ》」。シンデレラという娘の名を使う時《とき》もあるが、「ガラスの靴《くつ》」ということにきめた。

十日あまり、英子の家で練習をつづけた。

まず、本読みをして、会話のアクセントを注意しあって、これなら、見てもらえるまでになったと、自信をもつことができた。

腹ちがいの姉二人、シンデレラ、王子さま、まほう使いのおばあさん、けらいとすべて七人になるが、一人で二役やることにした。

ベルが鳴って、幕《まく》がするするあがる。

今夜は、王宮で、ダンス会がひらかれる。娘たちは、美しい服をきて、宝石でかざって、王子さまと踊《おど》りたいと希《ねが》って、馬車を王宮へ走らせる。

シンデレラの家でも、二人の姉が話しあっている。

「王子さまと、踊《おど》りたいわ。王子さまおきれいね。」

「あたしも、どうしたって申しこむわ。じょうずに気をひくつもりよ。」

「たのしいな、ダンス会は、王宮の広間にあかりがついて、夫人や娘の宝石にきらきらかがやくでしょう。」

「わたし赤い服をきていくわ。」

二人は、服をだしたり、しまったり、あれかこれかと、きめかねたが、やっと赤いばらを散らした、おそろいの服をきて、馬車にのって王宮へ走っていった。

心は、うきうきして、王子の顔がうかんだ。

二人の姉がいってしまうと、シンデレラは、涙ぐんで、

「わたしも、王宮へいきたいな。でも、灰かぶりなんて、いつもわる口をいわれているんですもの、それに服もないわ。」

そこへ、まま母がやってきた。こわい顔をして、目がけわしい。

「シンデレラ、さっさと水をくみなさい。台所へいって、茶《ちゃ》わんや、皿や、よごれたものを、きれいに洗いなさい。部屋はどの部屋もそうじしておくのですよ。」

「はい、わかりました。」

シンデレラは、いじわるのまま母にも、さからわなかったし、いじめる姉さんたちにもさからわなかった。

まま母は、ぷんぷんして、じぶんの部屋へはいって、紅茶をのんで菓子《かし》をたべている。

そのあいだに、シンデレラは、ダンス会へいくこともあきらめて、いいつけられた仕事をすました。

シンデレラは、寒いので、炉《ろ》ばたへいって、石炭のもえがらに、すこしあたたかみがあったので、もえがらの上にすわって休む。

その時《とき》、姉さんたちは、王宮の広間で踊《おど》っている、それでも、願ったとおり、王子さまと踊《おど》ることができた。

かわるがわる踊《おど》った。

「王子さま、あなたさま、踊《おど》りがおじょうずですね、はずかしいと思いますわ。」

「いや、あなたは、よく踊《おど》ることができます。」

「ごめんなさい。お靴《くつ》をふみました。」

王子さまは、こんな娘たちと、踊《おど》るのは気がすすまなかった。それで、ただ一度だけ踊《おど》っただけであった。

「シンデレラ、ダンス会へいきたいね。」

おばあさんの声がきこえた。おばあさんを見ると、やさしそうな顔つきであった。

「わたしがいかしてあげる。庭へいって、かぼちゃを一つとっといで。」といわれて、とってくると、おばあさんは、金の馬車につくった。おばあさんは、六ぴきの二十日ねずみをきれいな馬にする——。

「さあ、したくができた。」

おばあさんは、つえをふって、シンデレラのぼろ服にさわると、金や銀やダイヤモンドや真珠《しんじゅ》にかがやいた、目もまばゆい服にかわった。おばあさんは、きれいなガラスの靴《くつ》をはかした——。

シンデレラは、いそいそと馬車にのった。心かるく、はればれと、たのしい思いでいっぱいだった。

「十二時が一分すぎると、馬車はかぼちゃになるし、服はぼろ服になるし、馬は二十日ねずみになるよ。」

「はい、十二時前にかえってきます。」

王宮へいくと、どこのお姫さまかと、けらいたちは、目をまるくして見た。

王子さまは、でむかえて、広間へきたシンデレラと踊《おど》ったが、かるく踊《おど》るので、王子さまはよろこんでいる――。

みかんをたくさん、王子さまからいただいたので、姉さんたちがかけている長椅子《ながいす》へいって、みかんを分けてあげると、やさしくされて、お姫さまにおれいをいった。

シンデレラは、それからなん度も、王子さまと踊《おど》って、十二時に近くなったので、大いそぎで馬車にのってかえってきた――。

あくる朝、姉さんたちは話した。

「ゆうべの踊《おど》りの会はおもしろかったね。」

「まるで花園《はなぞの》に風がふいているよう、人たちが、きれいな服をきて踊っていたわ。」

「美しいお姫さまから、みかんをいただいて、うれしかったわ。」

「今夜、またいくの。シンデレラ。」

シンデレラがいった。

「ほんとにおしあわせね。あたしもそのお姫さま見たいわ。あなたのふだん着でもいいから、かして下さらない。」

姉さんたちは、

「もえがら娘にかしたらよごれるわ。」

シンデレラは、なにもいわず、心のうちでわらっていた——。

その晩《ばん》も、まほう使いのおばあさんのおかげで、昨夜よりもきれいな服をきて、王宮へ金の馬車にのっていった。

あんまり踊《おど》って、たのしかったので、時計が十二時をうつ音をきいて、いそいでかけだしてきた。

「さあ、たいへんだわ。」

王子はあとを追ったが、ガラスの靴《くつ》を一足、あとにのこしたので、王子はそれをひろっておいた——。

シンデレラが、門をでた時《とき》には、馬車も馬もいないし、服はぼろ服をきていた。

王子さまは、けらいたちにいった。

「あのお姫さまを見なかったか。」

「いいえ、ぼろ服をきた見すぼらしい娘が、でていくのを見ました。」

王子は、おふれをだした。

「このガラスの靴《くつ》と、ぴったり足のあう娘を、王女にする。」

けらいたちは、ガラスの靴《くつ》をもって、これはと思う娘にはかせてみた。けれど、一人として靴《くつ》のあう足をもった娘はいなかった。

けらいたちは、シンデレラの家へきた。

姉さんたちが、足にはいたが、痛《いた》くてはいらなかった。

シンデレラは、じぶんの靴《くつ》であることを知っていたので、二つのガラスの靴《くつ》を見て、

「あたしには、あわないかしら。」

姉さんたちは、おかしそうにわらったが、はめると、二つともぴったりと足にあった。

それを見た姉さんたちは、おどろいてものもいえないで、ただ見ていただけだった。

そこへ、まほう使いのおばあさんが、にこにこわらいながら、シンデレラのからだに、つえをふれると、ぼろ服は、すばらしい、昨夜の服よりももっとすばらしい美しい服にかわった。

姉さんたちは、そこへひれ伏《ふ》して、

「いままで、いじめたことを許して下さい。」

なきながらあやまったので、シンデレラは、二人の手をとって立たせて、

「泣いてあやまったから、許してあげます。ずいぶんいじめられましたが、すんだことは忘れましょ

う。」

シンデレラは、金の馬車にのって、王宮へいきました。

王子さまは、よろこびの涙をたたえて、シンデレラの手をとって、馬車からおろした。

「今日から王女さまです。」

よろこびは、今までにないよろこびであった。花火をうちあげて、白い鳩《はと》が空をとんだ。

王子さまと、王女さまは、結婚して、その日からたのしく暮《くら》したという話であった。まほう使いのおばあさんは、きれいな女中《じょちゅう》になって、王女さまのせわをしたという話であった――。

これで、シンデレラの「ガラスの靴《くつ》」の劇がすむと、講堂にあふれるほどの拍手《はくしゅ》がひびいた。

「よかったね。うまくやれたね。」

「みんな静かに見てくれたわ。」

「金も、銀も、ダイヤモンドも、紙やガラスだが、遠くからだと、そうは思えなかったようね。」

楽屋《がくや》へかえってきた四人は、衣装《いしょう》をぬぎながら話しあっていた。

この劇は、全校の学生からよろこばれて、あまり真《しん》にせまったために、シンデレラのために、涙ぐんだ学生もいた。

音楽の競演《コンテスト》

大きい発行部数の新聞社の大講堂で、音楽の競演《コンテスト》が行われることになった。

九月二十日の午後一時からはじまる。

音楽の好きな人たちが、つめかけて、大講堂に蟻《あり》があるくすきもないくらいだった。

ピアノをひいた大山行夫《おおやまゆきお》は、まだ十八才ぐらいであったが、すばらしい技巧《ぎこう》であった。

その次は、吉井孝子《よしいたかこ》といって、外国人について習ったので、これも二十三才であったが、これも美しいバイオリン曲をひいた。

その次にバイオリンをひいたのは、英子《ひでこ》の兄の孝次《こうじ》であった。

新聞社で頼んであったピアニストの大石波子《おおいしなみこ》が伴奏《ばんそう》をした。

孝次は、おちついていた。すこしもあせらなかった。

ピアノの音が、きれいにひびいている。

孝次は、ひきはじめた。

このバイオリンは、名のある楽器で、孝次に才分があるのを知って、お父さんが、高い金で買いとって下さったのだ。

孝次のお父さんも、お母さんもききにきていた。

英子の兄さんが演奏するので、仲《なか》よしの、清子《きよこ》も、香代子《かよこ》も、春美《はるみ》も、早くからきて、招待席《しょうたいせき》にならんでかけている。

「今日は、よく耳をすましてきくのよ。」

清子がいうと、英子が、

「兄さん、しっかりやって。」

「たのむよ、一等にならなきゃいけないわ。」

きれいなひき方のようなので、香代子が、

「吉井さんよりも、ずっとうまいわ、安心したわ。」

バイオリンの曲は、バッハの作品からえらぶことになって、誰もバッハをひいて、そのほかに好きな曲をひいてもよかった。

孝次は、力をこめるために、バッハの作品だけを演奏することにしていた。

孝次は、心をこめてひいていく。

雲が流れていく、夕やけの紅《あか》い雲、森が風に吹かれてゆれる。川の水に夕やけ雲がうつって、川岸の草にかわいい花が咲いている。牛が、羊《ひつじ》が、馬が、にわ鳥が、あひるが、夕《ゆう》ぐれのなかを、じぶんの小屋へかえっていく。

ねむい、小屋にはいると、すぐにねむる。

星が光る、家にあかりがともる。

まもなく、あかりが消えた。夜の食事をすまして、その家の人たちは、ベッドに身を横たえる。かごのなかで小鳥もねむる。

地の上にあるもの、いっさいがねむった。

安《やす》らかなねむり、静かなねむり、
星だけがねむっていない。きらきら光っている。

孝次は、ひきおわると、じぶんながら、よくひいたと思った。

拍手《はくしゅ》の音は、前の演奏者たちの時《とき》よりも、ずっと高く長く、大講堂にひびいた。

きいていた人たちは、音楽の愛好者ばかりなので、孝次のバイオリンが、最上の名誉《めいよ》を受けるにちがいないと思っていた。

孝次は、楽屋《がくや》へいって、バイオリンを箱にしまいながら、

「思いどおりにひいた。手がしぜんに動いて、弦《げん》と弓をひく音も、思いどおりなひびき方《かた》だった。」

お父さんは、お母さんは、ならんでかけていたが、

「よくやった、あれなら、ほかの人たちに比べて秀《すぐ》れた演奏《えんそう》だったよ。」

「そうですね。ここできく方《ほう》が、家で練習している時《とき》にきいたよりも、ずっときれいな音をだしていましたね。」

清子たち四人の仲よしも、音楽をきくのは、みんな好きで、耳がこえていた。

孝次がよくひいたことがわかった。四人は手が痛《いた》くなるほどまで拍手《はくしゅ》をした。

「すごくよかったな。」

「よくひいたよ。孝次兄さんは満足だよ。」

「ピアノは、才分がたいしてなくても、かなりひけるが、バイオリンは、才分と努力だ。」

あくる日の新聞に、競演会の記事がのっていた。発表の人名のなかで、バイオリンでは、孝次が一等の名誉《めいよ》を受けたのである。

バイオリンをひいた者は四人あった。

そのなかで、孝次が一等だった。

あくる日の午後三時すぎ、孝次は新聞社の応接室《おうせつしつ》にいた。明るい顔が、一等になったよろこびにあふれていた。

水引《みずひき》の赤かった紙づつみを、重役らしい紳士《しんし》が持ってきて、孝次の前においた。

「おめでとう、技巧《ぎこう》もよかった。バイオリンも名品だね、よく手にはいったね。」

「父に買っていただきました。」

「名品を買ってもらって、一等賞になったから、これで君も顔がたった。」

孝次は、その紙づつみを受けとって、かばんにいれたが、どっしりと手に重かった。

東京駅から、電車にのってきたが、秋の空は、青くすみわたって、こころよかかった。それも、名誉《めいよ》を得たためである。

阿佐ヶ谷《あさがや》の駅でおりて、家へかえる道をあるいていく孝次の足どりもかるく、心もかるくはずんでいた。

家へかえった。

お父さんも、お母さんもかえっていた。

お父さんと、お母さんは、部屋で話しあっていた。よろこびに顔がかがやいた。

孝次は、部屋へいって、手をついて、

「ありがとうございました。賞金をいただいてきました。重役らしい方《かた》から、バイオリンが名品であるといわれました。技巧《ぎこう》もすばらしかったといわれました。」

孝次の顔にもよろこびがあった。

「よかったね、こんなうれしいことはありません。これからは、もっと努力して下さい。」

やさしいお母さんであるが、言葉は強かった。

「はい、かならずやります。」

そこへ英子がはいってきて、

「兄さん、おめでとう、グッド・ウィッシュ・ツウユウ。」

その夜、家族たちで、お祝いの会をひらいた。お母さんが、あたたかい心で、よくはたらく手で作った料理と、フランスのぶどう酒とで、よろこびの会が夜おそくまでつづいた。

保夫と正子

あくる日、孝次《こうじ》が、友人の高木友助《たかぎともすけ》の家を訪《たず》ねるために、秋ばれの光《ひか》りのなかを阿佐ヶ谷《あさがや》の駅へいって、電車にのって新宿《しんじゅく》駅でおりた。

そのかえりに、阿佐ヶ谷《あさがや》の駅でおりて、家へかえる道をあるいていくと、向《む》うから、少年が紙芝居《かみしばい》の道具をもって、少女が手風琴《てふうきん》を肩からさげていた。

その時、少年と少女のうしろから、小型の自動車がスピードをだして走ってきた。

孝次は、思いがけないことが起《おこ》ったのを見て、

「あっ!」

大声でさけんですぐに走っていった。

少年と少女は、話しこんでいたために、自動車がきたのをさけようとしたが、自動車のうんてんを人がやりそこなったらしく、少年は、はねとばされて、道にたおれて、腰をひどくぶった。

運命は、思いがけない時《とき》にめぐってくる。

見えない力ではたらく。

幸福の山の上から、不幸の谷の底へひきずりこむ。

孝次は、かけよって、少年のきずを調べると、腰のあたりに、服に血がにじんでいた。

少年は、北山保夫《きたやまやすお》であった。

清子《きよこ》や、英子《ひでこ》や、春美《はるみ》や、香代子《かよこ》の親切で、仕事をはじめる金と、しばらくのあいだの生活にいる金をいただいた。

孝次は、近くに、外科病院があることを知っていたので、少年をだいて、病院へつれていった。

少女は、少年の紙芝居の道具をもって、手風琴《てふうきん》をさげて、涙ぐみながら、保夫についていった。

病院へいくと、白衣をきた女の人がでてきて、少年の服ににじんだ血を見た。

「知らない少年ですが、今さっき、自動車にはねとばされて、腰をひどくぶったようで、痛《いた》そうなので、手当をうけさせたいのです。」

「かわいそうに、痛《いた》いです、こういう傷は、がまんができないほどです。」

孝次がこたえた。

「泣きませんよ、強い子です。」

「がまんすれば、すぐよくなります。」

孝次は、その白衣《はくい》をきた女の人に、

「あの、代金は、わたしがはらいます。」

「ちょっとお待ち下さい。」

彼女は、医師にたずねにいったのであった。医師も白衣《はくい》をきいていた。

「代金は、あなたからいただきません。手当はたいしたものではなく、代金はかかりません。気のどくな少年を助けてやりたい。」

孝夫は、おれいをいって、

「それでは、どうぞよろしくお願いいたします。」

保夫は、手術室にはこばれて、手当をうけた。きずは五六日でなおると医師がいった。

病室へかえると、少女もついてきた。

白衣《はくい》をきた女の人がはいってきた。新《あた》らしく入院した少年のつきそいをいいつけられたからであった。保夫は、その女の人を見て、びっくりして、

「あ、お母さん。」

「えっ、保夫。ああ、生きていてくれましたか。」

ふしぎな運命であった。

お母さんは、保夫の手をとって、涙に顔はぬれたが、保夫もしゃくりあげて泣いていた。二人とも涙で、息がつまるようで、ものがいえなかった。

お母さんは、たまらなくなって、保夫がきずを受けているのも忘れて、きつくだきしめた。

「ああ、よかった、保夫とあえて。」

「お父さんは。」

「逃げてくる道で、しょうい弾《だん》がおちて、あのあたりの家もやけはじめたの。たくさん人が道をふさいでいて、火が荷物についていて、お父さんは、火にまかれて道に倒れたの。」

お母さんは、思いだして涙ぐんだ。

「手をにぎって、つれてゆこうとしたが、力がぬけて、やけどのためにあるけなかった。」

「そのやけどがなくなる原因ですね。」

「ええ、まもなく息をおひきとりになったの。」

保夫は、かなしそうな顔つきで、

「ぼくは、やけた家へいきましたが、なにひとつ焼けのこっていないので、お父さんも、お母さんもなくなったと思いました。」

「お母さんもおなじ考えで、あなたは生きていないと思ったの。それから、この病院につとめることになったの。」

「それが、神さまのおみちびきですね、お母さんと会えることになったわけ、自動車にはねとばされたことも幸福のもとだった。」

「ほんとです。」

「それからのぼくは、お金がなくなったので、リュックのなかから、不用の品《しな》を売ってお金をもらって暮《くら》してると、お金がなくなったがわるいことをしたくないので、警察へいって、さし入れべんとうをもらって食べた。」

「苦労したね。」

「親切な女学生、三人とあって、ぼくが身の上話をすると、同情してくれたの、それで、ぼくに、どんな仕事がしたいかと、たずねてくれるので、紙芝居《かみしばい》をやりたいと話すと、ともかくここに三人で、五百円もっているからといって、それをいただいたの。

そのお金で紙芝居《かみしばい》の道具をしいれて、町から町へとはたらいていると、この松井正子《まついまさこ》が、家をやかれて、お父さんお母さんと別れ別れになって、手風琴《てふうきん》をひいて、町から町をはたらいていたの。

二人は、知りあいになった。仲《なか》よしの友だちだから、たのしくはたらいた。それに、二人で力をあわせてはたらくから、お金をたくさんかせいだ。」

保夫のお母さんは、だまって話をきいていたが、涙がながれた。

保夫のお母さんは、この病院の寄宿舎《きしゅくしゃ》の一室にとまっていた。正子は、その部屋へとまることになった。

孝次が、保夫を病院へはこんで、家へかえってそのことを話すと、英子《ひでこ》がいった。

「紙芝居《かみしばい》ではたらく少年と、手風琴《てふうきん》ではたらく少女と、二人で力をあわせてはたらいたの。」

「どうして知っているの。」

「清子《きよこ》さんと春美《はるみ》さんと、ふとしたことで、その少年、保夫というのですが、身の上話をきいてみると、家がやけて逃げるとき、父と母とに別れてそのまま会わないのですって。」

「どうやって、食べていたのかね。」

「リュックのなかから、不用のものを売って、靴《くつ》みがきの道具を買って仕事をしたが、たいしたかせぎではないので、紙芝居《かみしばい》ではたらきたいというから、三人でだしあって、五百円あげたの。」

「そうか、それはよいことをしたね。」

英子は、気がついて、

「病院へいこう、話してくるわ。」

英子は、矢のように早く家をとびだして、病院へいく道を走って、病院へついた。受付で、北山保夫の病室をたずねると、

「二階をあがって右の五号室ですよ。」

病室へはいると、白衣の女が立っている。すみに手風琴《てふうきん》ひきの松井正子も立っている。

「保夫さん。」

英子の声で、保夫はベッドに起きかえって、

「あ、英子さん、入院していることを、どうして知っておられるのですか。」

「病院へはこんだ青年は、あたしの兄さん。」

「そうですか、お礼をいって下さい。」

白衣の女は、英子にあいさつして、

「保夫のために、いろいろと尽《つ》くしていただいて、お礼の申しようもありません。」

英子は、お礼をいわれたくなくて、

「保夫さんの、お母さんでしょう。」

「保夫が入院したので、会えました。」

「よかったわ、神さまのお恵みよ。」

「保夫さんは、お母さんと暮《くら》せるからいいが、正子さんは、気のどくだわ。家へかえって、お母さんと相談してくるわ。待っててね、正子さん。」

英子は、病室をでて、戸口から、矢のように道を走って、戸をあけて、すぐにお母さんに、正子のことをくわしく話した。

「きれいな目の、かわいい少女よ、心はやさしそうよ。」

お母さんは、心をうごかされて、

「そういう少女なら、ひきとりたいが、家でというわけにもいかないし。」

「それについて考えたのは、香代子さんの家のこと、お母さんと二人ですから、それに、キリスト教の信者だし、正子さんもおじさんの病院長が信者で、そこに半年いたといってたから、信者とおなじですから。」

「それはいいこと、清子さんの家と、春美さんの家と、わたしの家とで、正子さんのかかりを出しあうといいと思うのよ。」

「お母さん、まったく考えぶかいわ。よしきた、善事《よいこと》はいそげ、いそいでやるのだ、香代子さんに頼むわ。妹さんができるので、たのしい家になるわ。」

英子は、阿佐ヶ谷《あさがや》の駅まで、とぶように走っていった。

吉祥寺《きちじょうじ》まで電車にのって、駅からあるいて香代子さんの前の前にたった。

「ごめんなさい。」

香代子が戸をあけて、英子がいたのでほほえんで、「あがって下さい」と手をとった。

香代子の部屋で英子は、すぐに松井正子のことを話しはじめた。

「みなし児《こ》です、お宅で暮《くら》せば幸福です。そのことをお願いします。」

香代子のお母さんは、うれしそうな様子《ようす》で、

「神さまが、宅《たく》へよこして下さったのです。」

「ありがとう、正子さんのかかりは、清子さんと、春美さんと、わたしの家でだしあいます。名案でしょう。そうなれば、みんなの力で正子さんを、すっかり幸福にしてしまう、ま法《ほう》をかけることができるわけよ。」

お母さんは、なにか考えていて、よろこびが心にあふれていた。

「美しいみんなの気もちで、正子を幸福にしてあげましょう。香代子は、妹のように、かわいがってやります。」

「なにもかもオーケー、神さまのお恵みよ。」

英子がそういうと、香代子も、

「神さまのお導《みちび》きによって、たのしく三人で暮《くら》してまいります。」

話がきまって、みんなのよろこびのなかに、正子が、幸福のなかに、花のように咲くでしょうか。

英子は、ここから清子の家が近いので、訪《たず》ねて正子のことを話した。

「そうね、香代子さんの家が一ばんいいわ。」

人の役にたつ仕事は大いそぎ。

英子は、阿佐《あさ》ヶ谷《がや》の駅からおりて、春美を訪ねて、正子さんのことを話した。

美しい集《あつま》り

秋かきた。金の実《みの》りをもってきた、青くすんだ空、秋草の花、水田に稲の穂がたれて、風がふいてくると、金の波がたつ。

赤とんぼが、赤いとうがらしのようで、たくさんとんでいる。

秋の月は、青い光《ひか》りを照らす。

草のなかで、虫が鈴《すず》をふっている。

小鳥が笛《ふえ》をならしている。

けれど、木の葉が、紅と黄の紅葉《もみじ》がもえているようで、きれいだなといっているうちに、秋はすぎていく。

朝もひえる。夜もひえる。水がつめたくなった。冬がきた、北風が雪の山をふいてきて、町の人たちを寒がらせる。

顔がひえる、手がこごえる。耳がいたい。はく息も白い。空も地もさむざむとして、草はかれ木の葉は風にとばされた。花はしぼんでしまった。花ひとつ咲いていない。

月日は水のように流れていく。きびしい冬になった。外へでる人は、用事がなければでていかない。

炉《ろ》の火にあたたまって、あついお茶をのむ。

十一月、十二月がすぎていった。早く早く。

今日は、十二月三十日である。

中野《なかの》駅に近いところに、戦争にやけ残ったビルディングがたっていて、白くぬってあった。窓がたくさんあって、ガラスがはまっているので、どの部屋もあかるかった。

ビルディングは、三階だてであったが、今その二階の広い部屋の大きいテーブルに、たのしそうなあかるい顔が席についている。

人のかずは、いく人でしょうか。電燈《でんとう》に照《て》らしだされて、人たちの顔が美しくされた。話している、わらっている。年がすぎ去っていく悲しみももっていない。みんな、新らしい年がくるのを望みとゆめを心に、よろこびだけがある。

大きなテーブルの上に、雪のように白いテーブルかけがかかっている。

料理がはこばれて、席についている人たちの前に、きれいな陶器の皿にとり分けてある。

部屋のかべにそうて、管《くだ》があって、スチイムが通っている。それが部屋を、ほんのりとあたためている。

電燈《でんとう》の光りがあかるいように、この部屋に集《あつま》っている人たちもあかるかった。

ここに集《あつま》った人たちは、どこの家の人たちでしょうか。

たのしそうに話している。たのしい家からきて、おいしい料理をいただくのだ、幸福な人たちにちがいない。

お父さんと、お母さんと、長男の幸一《こういち》と、長女の清子《きよこ》と、四人がならんで席についている。

お父さんと、お母さんと、長男の孝次《こうじ》と、長女の英子《ひでこ》と、四人がならんで席についている。

お父さんと、お母さんと、長女の春美《はるみ》と、三人がならんで席についている。

清子の従兄の画家、吉田一郎《よしだいちろう》も席についている、新美会《しんびかい》の会員である。

清子の家族の一人といってよい上田弓子《うえだゆみこ》も席についている。慈善《じぜん》病院で愛の心でかんごしている。

お母さんと、香代子と、妹ではないが、妹のように見える松井正子《まついまさこ》も席についている。

北山保夫《きたやまやすお》も、お母さんといっしょにきて、席についている。保夫は、紙芝居《かみしばい》をやりながら、お父さんとお母さんをさがしていだが、今お母さんが見つかったのである。

寒い風が外で吹いていた。北の山から雪のつめたさをはこんできたが、この部屋は、風にもびくとしない、鉄筋コンクリート造《づく》りであるためだ、風の吹きこむ一つのすきまもない。

春のあたたかさが、部屋にあって、料理の香《かお》りがただようている。

清子のお父さんが、テーブルの席についている人たちを見まわして、

「これで、そろったようですね。それでは、食事をはじめましょう。」

清子のお父さんは、みんなの前にあるグラスに、ぶどう酒をついだ。とおくの人のグラスには手をのばしてついだ。

たのしい食事がはじまった。

みんなが、ぶどう酒をのんだ。

香《かお》りがたかく、色はきれいで、あまくて、味もよかった。日本のぶどう酒でも、古いぶどう酒で、フランスのぶどう酒よりもすこしは味がよくないかもしれないが、これは、どこでものめるぶどう酒ではなかった。

料理は、今テーブルの上にあるのは、シュウマイと、ぶたのひき肉をまるめて揚《あ》げたもの、あわびの貝のなかに、牛のひき肉と、きざんだ野菜をミルクをまぜて入れてあった。

ぶどう酒が、五本ぬいてある。

はじめの一ぱいは、清子のお父さんが、みんなについだが、

「どうぞ、ごじぶんでおつぎ下さい。アルコール分はよわいのですから、あがっても、ようことはありません。」

みんなは、料理をいただきながら、ぶどう酒をのんだ。

白い上衣と白いズボンをはいた給仕人《きゅうじにん》が、つぎつぎに料理をはこんでくる。

すずめの形につくってあったが、たべてみると、それは玉子のなかに松だけと栗《くり》がはいっていた。

そのたびに、みんなは、わらって料理について話しあった。

清子のお父さんが席をたった。

「みなさん、食事をなさりながら、わたしの申しあげることをきいて下さい。今年もいつか過ぎて、明日が三十一日で、新《あた》らしい望みの年がめぐってきます。

今年は、わたしたちにとって、まことによい年でありました。みんな元気でした。ただ、清子と、春美さんが、病気にかかったが、たいしたことがなかったのです。」

清子のお父さんは、グラスをもって話していたが、ぶどう酒をのんで、

「みなさん、今年は、きれいな心、あたたかい心がはたらいた、よい年です。

ごぞんじの通り、英子さん、春美さん、香代子さん、それに清子が、夏のあつい日にもめげずに、子供服をつくって、引きあげ者や、戦いで家のやけた人の住む寮《りょう》の子供たちへ、名をかくしてあげてきたのです。」

清子のお父さんの顔にほほえみがあった。

「さあ、四人の少女たちのために、グラスをあけましょう。」

みんなグラスからのんで、四人の少女たちが、花咲いたように思った。

白い上衣とズボンの給仕《きゅうじ》が、料理をはこんできた。こんどは、大きな鯉《こい》を、そのままあげて、どろりとした汁がかかっている。見ただけで食慾《しょくよく》をそそった。

清子さんのお父さんが話しはじめた。

「清子が病気をした時に、かんご婦会《ふ》へたのむと、この席にいる弓子さんを会がよこしてくれた、弓子さんは、病気のかんごは、実地のけいけんがなかったが、かんご学の本を買って読んだのです。そのことよりも、弓子さんの誠意を申しあげたいのです。心あたたかく、よくはたらく手で手当をして下さいました。

そのために、思ったよりも早くなおったのです。忘れることはできませんが、夜おそくまで、病気のわるかった時には、枕《まくら》もとにすわって、氷ぶくろに気をつけてくれた。熱も気をつけてくれた。医師にたずねられると、答えることのできなかったことは、ただの一度もなかったのです。清子の病気のよくなってから、家の仕事をよくやって下さった。台所の手つだいもして下さった。そのうちに会へかえる日がきた。

清子の母が、これからは家族の一人として、家にいて、かんご婦の養成所に通ってもらうことにきめました。」

清子のお父さんは、ぶどう酒をのんで、

「今は、慈善《じぜん》病院で、気のどくな病人たちに、愛の奉仕《ほうし》をされています。どん底におちて病気にかかった人たちを、すこしもいやがらずに手当をしておられます。

おもい病人たちも、お弓さんのために、あばれ馬がしずまって、いうことをきくから、病気もなおる時《とき》が多いのです。

お弓さんは、そういう病人たちを、なぐさめて望みをもたせます。」

清子のお父さんは、席について、ぶどう酒をのんで、今まで口にしなかった料理をたべたが、ふと気がついて立ちあがって、

「もう一つ、申しあげたいことがあります。お弓さんは、キリスト教の信者になられたのです。」

弓子さんは、顔をあかめて、うつ向《む》いていたが、ありがたいお言葉と思って感謝していた。

しばらく、みんなは、ぶどう酒をのんで、料理をたべていた。

つぎに、英子のお父さんが、席からたって、清子のお父さんよりも、すこし早口で話しはじめた。

「じぶんの家のよろこびを申しあげて、まことに失礼でありますが、孝次のことです。

孝次が、新聞社の大講堂で、音楽のコンテストが開かれたのですが、その時、孝次はバイオリンをひきました。

バッハの曲ですが、その日、いく人かバイオリンをひいた方《かた》がいたが、一等になって賞金をもらいました。

孝次は、わたしが買ってやったバイオリンが、名品だからといいますが、かれの努力と、神のお恵みのためと信じています。」

孝次も、顔をあかめて、うつ向いてきいて、指をくんでみたり、ほどいてみたりしていた。

英子さんのお父さんが話をはじめた。

「孝次が、友人の家へいく道をあるいていくと、紙芝居《かみしばい》の道具をもった少年と、手風琴《てふうきん》をもった少女が、あるいてくるのが目にうつった。ところが、むこうから小型の自動車が走ってきます。はっと思った時《とき》、自動車は、少年をはねとばして、腰をうって、血が服にしみでていたのです。孝次は、すぐに近くの病院にはこんでいった。すぐに医師が手当をして、ほうたいを巻いたのです。その時に、白衣《はくい》の女の人が、保夫を見て、死んではいなかったか、生きていてくれたかと、おどろいて見なおして、保夫にちがいないとわかった。涙のなかに、二人はだきあったということです。孝次は、その少年を病院につれこんだまま、代価を払いたいといったが、このくらいのことは、この少年は、みなし児《こ》のようだから払わなくてもよいといわれたのです。

それで、孝次は、家へかえってきた。

その少年のことを、英子に話すと、英子は話したのです。英子と、春美さんと、清子さんが、まだ、その時《とき》は、保夫もお父さんもお母さんもなくなったと信じていたのです。

それで、少年は、靴《くつ》みがきをしたが、たいした仕事ではないから、紙芝居《かみしばい》をやりたいというのです。

それで、それを買う金を三人でだしてやったわけです。

英子は、すぐに病院へいきました。保夫とお母さんにあって、たくさん話した。お母さんは、よろこんでいました。

孝次が、保夫を、その病院にはこんで、そこでお母さんがはたらいていたことも、ふしぎなことと思います。

保夫は、お母さんと暮《くら》せますが、正子さんは、まだ、お父さんが、お母さんが、生きておられるか、なくなられたかわからないので、英子が気のどくになって、すぐに家へかえってきました。

英子は、母と話しあって、正子さんを香代子さんの家においていただくことにきめました。それで、正子さんの費用は、清子さんと、春美さんと、わたしの家とで受けもつことにしました。

英子は、すぐに香代子さんの家へいって、お母さんに話すと、お母さんは、神さまがつかわされた方《かた》と思います、よろこんでお世話します。香代子は、妹のようにかわいがるでしょう。お母さんの言葉をきいて、英子は、サンキュウ・ベリマッチといって、とんでかえってきました。

英子のお父さんは、ぶどう酒をのんで、料理をたべてしばらく休んで、

「正子さんは、手風琴《てふうきん》が好きでじょうずに鳴らします、療養所《りょうようじょ》の院長さんは、おじさんなので、手《て》風琴《ふうきん》を買うお金と、暮《くら》していくためのお金を下《くだ》すったそうです。

町々で、正子さんは、じぶんで作った歌を作曲して、それを手風琴《てふうきん》で鳴らしてはたらいたのです。

院長さんは、キリスト教の信者です、大森《おおもり》さんです。ひざにきずを受けた正子さんは、その病院へ、半年ばかりいたので、きずもなおったが、大森さんの話をきいて、信者の心をもっている少女と思います。

それで、香代子さんの家は、なくなられたお父さんが牧師さんでした。正子さんは、お母さんと香代子さんの信仰のなかに、幸福に暮《くら》していけると思います。」

春美のお父さんが、席からたって、

「今年が、ありがたい恵みの年でありましたことは、お二人のお話によって、よくわかったと思います。みんなに実りがありました。それで、そこに絵かきさんがいらっしゃいますね。あの方《かた》について、お話がうかがいたいのですが。」

清子のお父さんが、席からたって、

「つい忘れました。失礼しました、吉田一郎《よしだいちろう》という名で、清子の従兄《いとこ》です。父も母もなくなって、去年、美術学校を修了しました。新美会《しんびかい》という新人の画家の会を作って、熱心に書いています。わたしの家のすぐ近くの森のなかに、小さい家がたっていて、かなり広いアトリエがあります、これは、かれの父の遺産でたてたので、家具や、食器は、みなじぶんで作っています。

かれは才分があります、卒業製作は、一ばん佳作《かさく》でした。それで、わたしは、かれの望みをとげさせてやりたくて、生活費と、絵具《えのぐ》や画筆《がひつ》や画架《がか》など、いるものをととのえさせました。

今年の秋の展覧会《てんらんかい》には、多摩川《たまがわ》の流れのなかに、英子さんと、春美さんと、清子の三少女が、光《ひか》りのなかに、水をすくったり、山をながめたり、石のあいだをのぞいたり、なかなかいいポーズでした。わたしは、それを買いとって、今、応接室《おうせつしつ》にかかげてあります。おついでの時《とき》に、ごらんになっていただきたいと思います。」

春美がお父さんに、

「いい話をうかがった。」

しばらく話しながら、ぶどう酒をのんで、給仕《きゅうじ》がはこぶ料理をたべていた。

テーブルのまんなかに、大きな花かごに、冬なので、温室咲きの、ばらや菊が咲きほこっていますが、お父さんたちの話した話にくらべると、花は美しくないかもしれません。

清子と、春美と英子と香代子は、こそこそ話をしていたが、清子がたちあがって話した。にこにこわらい顔、ほかの三人もなにをいいだすかと、にこにこわらい顔、

「今年は、いい年かも知れないが、お父さんたちは、あんまりほめすぎるわ。口にかぎをかけとけばよかった。」

みんなわらった。わらい声が部屋の窓にひびいた。

「わたしたち四人がほめられても、いささかもよろこばないわ。あたりまえのことをしただけだもの、ね、わが仲《なか》よしの三人、いかがです。」

「そのとおり。」

「まちがいなし。」

「めいわくでしたね。」

「そういうわけで、わたしたちはいいとして、弓子さんと、正子さんと、保夫さんのお母さんうつむいて、こまっておられていましたの、気がつきましたか、あとは、春美さん。」

清子がすわると、春美がたちあがって、

「一郎さんや、孝次さんは、ほめてもそのねうちがあります。わたしたちも、お小づかいから、なにかお祝いものをさしあげたい。けれど、清子さんが話したことは、くりかえしません。

一言だけいいたいことは、ほめることはいいことですが、やさしい方《かた》には、誇《ほこ》り顔できていられないでしょう、あとは、英子さん。」

春美がすわって、英子が席からたった。

「これから、お父さんたちをほめますよ。お母さんたちをほめますよ。」

春美のお母さんが、

「春美、もうたくさん、あなたたちのいうこと正しかったと話しているの、ほめられなくてもいいわ。たくさんのんで、たくさんたべて下さい、料理はたのんでありますよ。」

春美がわらいながら、

「ほめません、心で思っています。四人みんなが、いいお父さん、いいお母さんと、思っていることは、知っていらっしゃるから、ほめなくってもいいとお思いになっているのです。」

清子はすわると、仲《なか》よしからわらいがおこった。

お父さんたちも、お母さんたちも、小鳥たちのように、いきいきとしているのを見て、わらいながら話していた。

そのために、ぶどう酒が、また五本、たのんだので、給仕《きゅうじ》がはこんできた。料理も、めずらしいのが、いくつもはこばれた。

たのしさが、はてないように思われた。花ぞのに咲いている花か、林にさえずる小鳥の唄《うた》か、光《ひか》りか、真珠《しんじゅ》か、なににたとえん。なににたとえても、さしつかえない。

この部屋に集《あつま》った人たちは、心ほぐれて、たのしいわらい声をひびかして、よい話をする人たちであった。

みんな心やさしく、親切な人たちばかりであった。顔もあかるかった。けれど——。

おなじ東京のうら町の古いきたない家には、まずしい人たちが住んでいて、十二月三十日という今日、金がなくて、おかゆをすすって、梅ぼしだけでたべている。

金を貸してくれる人もなく、着ものも一つでやぶれているから売ることもできない。

この部屋にいるお父さんたちは、みなキリストのお祝い日に寄附《きふ》をしておられた。

慈善《じぜん》病院、養老院《ようろういん》、孤児収容所《こじしゅうようじょ》、教会、引きあげ者の寮《りょう》、そういうところへ、名をかくして、清子のお父さんも、英子のお父さんも、春美のお父さんも、人に知られないように、たくさんの寄附金《きふきん》を支出していた。

この部屋のお父さんたちが、心安らかに、ぶどう酒をのんで、料理をたべている。それは、その寄《き》附《ふ》をたくさんしたからであった。

果物《くだもの》は、インド林檎《りんご》*、二十世紀の梨《なし》、ぶどう、オレンジなどが、大きなかごに盛《も》って、給仕《きゅうじ》がはこんできた。

そのつぎに、チョコレートのあつくかかっている大きい洋菓子《ようがし》をはこんできた、コーヒーの湯気《ゆげ》がたっているのがはこばれた。

その時、画家の吉田一郎が、みんなの似顔絵《にがおえ》をかいていたが、そばにいた孝次に、

「一枚ずつおとり下さい。」

みんながじぶんのをじゅんじゅんにとってながめたが、漫画《まんが》のようなところもあったのでわらいながら見た。

清子が見ていった。

「一郎さん、なかなかよく描《か》けたわね。」

「これはいい思い出だな。」

たのしい会を閉じて、清子のお父さんが、聖書の一句を読んだ、よく透《とお》るこえで。

みんな席からたって、うつむいて、きくのが、そういう時のならわしであった。

「われは、世の光《ひか》りなら、われにしたがう者は、暗きなかを歩くがことなし、いのちの光《ひか》りなり、光《ひか》りのあるうちに、光《ひか》りを信ぜよ。」

みんな神に祈りをささげた。心がすみ、安らかだった。

すこし話してから、さむざむとしている晩《ばん》の道を、たのしい思い出の二階の広間から、星のかがやく空の下の道へでて、話しながらあるいていった。星はなにをささやくか。

神の御旨《みむね》か、神の祝福を告げているのか。

あの思い出の、たのしかった広間が、みんなの目にうつっている。みんなは、あの広間から、花びらが散るように散っていって、なつかしい家へかえった。

（おわり）

注　釈

唐沢俊一

六　**高等女学校**　戦前の学制による女子の五年制学校。現在の中学、高校（の二年まで）にあたる。戦後の教育改革によってこの呼称は消滅したので、この小説にこういう名の高校が出てくるのはおかしいのだが。

七　**ろくまく**　肋膜。現在では胸膜と呼ぶ。結核・肺炎等で炎症を起こすのが肋膜炎。

九　**寛衣**《かむこ》　かんい。ゆったりとした着物のこと。「かむこ」という読みは不詳。ここではルバシカ（ロシアの男性用上着）のことか。

二五　**血をはいて泣くほととぎす**　一般には手まり歌の文句「泣いて血をはくほととぎす」で知られる。徳富蘆花の小説「不如帰」から、ホトトギスは結核の女性の代名詞とされる。

二五　**サンキュウ・ベルマッチ**　サンキュー・ベリーマッチの古い言い方。現代でもふざけてわざとこう言うことがある。

二九　**白ばら会**　看護婦派出会のようなものらしいが、未詳。

三六　**チャタア・ボックス**　chatterbox.

四五　**プレミエル・コンミニオン**　premiere communion.

四九　**感化院**　児童福祉施設のひとつ。不良行為をなす者またはなすおそれのある児童を入院させ教育し、保護する。明治四二年以来の名称だったが、昭和二三年（この作品刊行の一年前）、教護院と名が変わり、さらに平成一〇年、児童自立支援施設と変わった。

五八　**かくし**　ポケットの古い言い方。

六四　**今、九十一才**　一八五八年生まれなので、この小説の刊行年（一九四九年）に九十一才。一九五四年没。

六七　**育英会**　日本育英会。昭和一八年発足。経済的理由で修学困難な学生・生徒に学資を貸し、進学を助けることを目的とする。

七二　**プリンストン大学**　アメリカ北東部ニュージャージー州の都市プリンストンにある名門校。クェーカー教徒が多い。

八〇　**手風琴**　アコーディオンのこと。

九四　**軍ぞく**　軍人ではないが軍に所属する文官などのこと。

九五　**ノウスアメリカン**　ノースアメリカンP―51ムスタング戦闘機。

一〇六　**石ごろも**　長野、東北などの地方で主に食べられる駄菓子。固く丸めたあんにさとうをまぶしたもの。

一五二　**紙芝居**　この年、GHQによる街頭紙芝居の検閲が廃止され、紙芝居屋さんの数が一気に膨張、二五年には全国で五万人にも上った。

一六二　**しょうい弾**　B29が投下して日本各都市を爆撃した。昭和二〇年三月一〇日の東京大空襲では十九万発の焼夷弾が落とされ、一夜にして十万人が亡くなった。

一八〇　**クロウヨ**　クロヨウとも。豚の揚げた角切りともやし、にんじん等をいため、あんかけにした料理。

一八六　**そぎない**　未詳。「そぐ（弱ること）」の否定形か？

一九四　**女高師**　女子高等師範学校。

二五三　**インド林檎**　最近は品種改良した「陸奥」などが主で、殆ど市場には出ないが、昭和四十年代までは日本で食べられていたりんごの代表種。ちなみにインド産ではなく、アメリカのインディアナ州産である。

解説　悲痛なるメッセージ

唐沢　俊一

珍作である。

と、しか、まず現代の読者にはこの作品の内容を伝えられない。ストーリィを要約して書き出そうとしても、そもそもこの作品にはストーリィらしきものが存在しないのである。主人公らしき春美、英子、清子の三人の仲良し少女たちは登場するし、彼女らの慈善活動が話の主幹を成していることは事実なのだが、ではそれが作品のテーマかというと、そういうわけでもない。唐突に登場する真珠王・御木本幸吉のエピソードや、浮浪児が教育紙芝居屋をはじめる話、少女たちが慈善のご褒美として与えられる、いささか常軌を逸した量のごちそうの描写、それにいつの時代のどういう階級のものともさだかでない、少女たちの一種異様な言葉遣いなどの方がよほど読後の印象に残る、奇妙な作品なのだ。

文章のつながりも変な具合で、いったい、この作者は何を思い、何を描こうと考えて、この作品を書いたのか。普通に読めばまるでとらえどころのない、ただ不可思議な読後感の残る作品、としか言いようがあるまい。

だが、この作品が水谷まさるの最晩年、亡くなる前年に刊行されたものであり、その時代、昭和二十四年という年代が、日本にとってどういう時代であったのかということを考えるとき、この作品が、あるメッセージを、前後の日本人に残そうとして書かれたものであることを読みとることが、どうやらできそうである。この解説では、ちょっとそこらへんに目を向けて、この、きわめて作品鑑賞がしにくい作品の理解の一端にでもしていただきたいと思う。

作者の水谷まさるの名を知る者は、若い読者などにはほとんどいるまい。早稲田大学のネットサイトには、早大出身の作家たちのプロフィールが記載されているが、そこを見ても、

「1894〜1950。東京生れ。本名勝。英文科卒。『地平線』『基調』同人として出発、のちに通俗的な少女小説の作者として知られる。昭和3年、千葉省三、酒井朝彦らと『童謡文学』を発刊、ヒューマンな作品を書いた」

としか記されておらず、通俗少女もの作家として軽く扱われていることがよくわかる。童謡作家の方の評価がいくぶん高いようだが、それでも、現在水谷まさるの名が出るのは、西条八十と共に『マザーグース』を訳したことがある、ということくらいしかなかろう。実は彼の作った童謡の中で、最

も人口に膾炙《かいしゃ》しているのは、

「♪あがり目、さがり目、ぐるっと回って猫の目」

というフレーズで知られる『あがり目さがり目』なのであるが、あまりに普及しすぎていて、いまや、これが童謡であることすら、認識している人は少ないのではないかと思う(『俚言集覧』には〝あがり目、さがり目、くるくる環の猫の目〟とあり、これを今の形にして定着させたのが水谷まさるなのである)。

しかし、彼は戦前から戦中にかけて、児童小説界での大物であった。少女小説の元祖とも言うべき吉屋信子の『花物語』を掲載し、超人気挿絵画家高畠華宵が表紙画を描いていたことで有名な雑誌『少女画報』の主筆であった時代には竹久夢二の紹介で、児童画の天才・蕗谷虹児を世に出しているし、先に挙げた『あがり目さがり目』の他にも、中山晋平とのコンビで、日本的な童謡をいくつも作っている。そういう大物の売れっ子ともなると、何かと革新を叫ぶ連中の風当たりも強かったようで、プロレタリア文学を標榜する人々には、水谷の童話は、

「童話を毒する害虫の最悪のものを書いた」

などと言う悪罵を投げつけられている。もっとも、水谷自身、日露戦争時の大和田建樹による『日本海軍』の歌詞の替え歌で、

「僕は軍人大好きよ
今に大きくなったなら
勲章つけて剣さげて
お馬にのってハイドウドウ」

などという童謡を作っていたのだから、そのように罵倒される素地は充分に持っていたのである。しかし、確かに時流に迎合する能力に長け、日本の児童文壇を牛耳っていた彼は通俗の親玉としか若者の目に映らなかったかも知れないが、その胸の奥には、あふれんばかりの詩ごころが渦巻いていたのも、また確かなのである。昭和四年に発表した童謡集『歌時計』の序文に、彼はその書名の由来に関し、このような言葉を寄せている。

「わたくしはただ驚異のねぢを巻いて、そのほどけるがままに、澄み切つた歌をうたひたいと思ふから、あへて、かういふ名をつけたのであるが、赤や紫や青の夢のきれはしを投げつけて、少年のわたしの心をさざなみ立たせたところの、あの『歌時計』のやうな、それほどの魅力がわたしの童謡にあるかないか」

この美しくも、どこか日本語としての立脚があやうい感じのする、詩ごころが噴出していると思えるような文章に、この『愛の讃歌』と一脈相通ずる部分が見えていないだろうか？

戦前の時流に乗っていた身であればあるほど、敗戦という事実は自らの身に、心的にもまた実際の仕事の面においても、大きな影響を及ぼしたことだろう。そのショックと喪失感が、彼の肉体をむしばみ、五十六という若さで彼の命を奪ったのだが、命の火の燃え尽きる寸前に、作者の目には、敗戦の痛みに耐え兼ねて、心のすさんだ日本人の姿、希望も誇りも失ったまま、上を向くことを忘れてしまった日本人の姿、楽しい夢というものを、戦争のさなかに見ることが出来なくなってしまった日本人の姿が見えていたのではあるまいか。

地位的にも、日本文化の代表という意識を人一倍持っていたであろう水谷には、何か、自分の文章の力で、こういった日本人をはげますことが出来ないかという思いが渦を巻いていたことだろう。そこで彼は、貧しい、苦しい中でも明るさと希望と、そして笑いを忘れぬ人々の姿を描こうとした。それが、この『愛の讃歌』だったのだ。内容をひとつの作品としてまとめるというよりも、筆のおもむくまま、情熱のほとばしるままに、日本人を鼓舞するコトバを、コトバを、と、作者が探しもとめている姿が目に浮かぶ。その結果、この作品は小説というよりは、いくつもの小さなエピソードをつづれ合わせ、また、それを詩のような文章で書き表していくという、特異なスタイルをとることになっていったのではないか。全くの空想ではあるが、あながち的はずれではないような気がする。実際、昭和二十四年あたりの日本の世情は、未来を暗澹にしか思わせない、混迷を極めたものであった。いまだＧＨＱの占領下にあって、景気は低迷、政情は不安定、下山事件・三鷹事件・松川事件といった謎の事故が頻発し、ヤミ金融『光クラブ』の東大生社長・山崎晃嗣が負債を抱えて服毒自殺した。日本人のＢ・Ｃ級戦犯の軍事裁判が終結したのもこの年で、死刑七〇〇人、終身刑二千五〇〇人という結果が出ていた。不況は続き、国鉄は九万人以上の人員整理を通告した。今でこそ歴史を過去のものとして見ることが出来、この混乱の時代の後に、朝鮮戦争特需による日本の大躍進があることをわれわれは年表で知っているものの、この時代、日本の将来が明るいと、心から口に出来る人はごく少数だったに違いない。そんなどん底の世情の中で、水谷まさるは、日本人を、読者である少女たちに、とにかく、明るい、希望に満ちた、愉快な文章を投げ与えようとした。

田舎から出てきたお弓さんは、看護婦になる夢をかなえようとして情熱をこめた努力がむくわれる。戦災孤児だった北山保夫は、教育紙芝居の普及に熱意をかたむける。吉田一郎は美術の道に、その知り合いの松本平助は科学の発展に、それぞれ一生懸命努力している。松本平助はまるでアイボのような科学犬を発明した科学者だが、何故かそんな機械工学の専門家のくせに、

「食料の増産をはかることを、今の日本はしなければいけないのだ。そのために、こやしを研究しているのだ」

などと口走る。どの登場人物も、生きた人間というよりは、理想を追い求めて行こうとする、その

思いだけが凝り固まって創造されたような、一種独特な雰囲気のキャラクターになってしまっているのだが、別の視点からみれば、これくらいディフォルメされた人格でなければ、カンフルとしての希望を日本の少女たちに与えられない、そんな気持ちを作者が持って描かれた人物のように思えてくる。その、特殊化された描写の最たるものが、香代子を加えた四人の少女が親たちからえんえんとご馳走を出され、それをまた片端から平らげる、ガルガンチュワ的な『お祝いの会』の章であろう。クロウヨ、お刺身、ホウレンソウのピイナット和え、枝豆とずいきと魚の酢の物、焼売、コキイル、豚肉の煮物、松茸の吸い物、カツレット、伊勢エビのロースト、大盛りのお赤飯、デザートにはりんごと葡萄と洋菓子というメニューを、少女たちは残らずきれいに平らげる。その様子を親たちはほほえみながら、

「四羽の小鳥のようだね、あかるいね」

などとつぶやきつつ、眺めているのである。明日の食事にもことかく人々があふれていた当時の日本の読者にとり、何よりの夢あふれる描写は、手の届かない外国風の豪勢な暮らしではなく、豊富な食べ物があふれている場面だったのである。

水谷まさるは、赤や紫や青の夢のきれはしを、敗戦による亡国の民である日本人に、再び投げつけようと試みたのではなかったか。そのことを思って読み返すとき、この小説は作者の悲痛なほどのメッ

セージが、行間から読みとれるのである。

※少女小説の発展形であるところの少女漫画を付録として毎号一編づつつけているのだが、今回は小池きよし『小雨ふる日に母さんは……』を採録する。昭和三〇年代後期の作品で、お涙頂戴の典型であるが、こういう単純な悲劇が〃娯楽〃として読者に受け入れられるのは、経済が安定し、お涙を読者が身につまされないエンタテインメントとして楽しめるようになる時代背景が必要だった。明るい話全盛の時代の方がむしろ世相は暗いことが多いのだ。作品選定は唐沢俊一、構成・解説（ツッコミ）はソルボンヌK子が担当している。

巻末
デラックスふろく

ソルボンヌK子の
貸本少女漫画劇場

小雨降る日に母さんは……

小池きよし

✿小雨ふる日に母さんは……
一、万引きをしてしまう
二、狼に変身する

ツッコミ担当
✿ソルボンヌK子
＆ゆまにくん

← 大学病院じゃふつーです ✿

診察室
おくさん まことに申し上げにくいのですが……
思いきってお話しましょう
あなたはあと一カ月しか生きられないのです!
◎こいつ絶対に余命宣告を楽しんでやってるよ
えええ〜!
せ…先生 まさかごじょうだんを……
じょうだんではありません
あなたは百万人に一人という恐ろしい病気にかかってしまわれた
今の医学ではなおしようがありません
◎ちょっと色っぽい→
◎病名言って下さい、先生!
恐ろしい事… お母さんは、あと一カ月で死んでしまわなければならないのです…
ああ……
おくさん、もう一度ほかの医者へ行ってごらんなさい
あるいはまちがいかもしれませんから
……
◎古畑任三郎♪のようなオーバーリアクション

お母《かあ》さん！
ちづる！
何《なん》の病気《びょうき》だったの？お母《かあ》さん
お母《かあ》さんは思《おも》わずうそをついてしまいました……だって、あと一《ひと》月《つき》で死《し》んでしまうなんて、とても言《い》えなかったのですもの……
お母《かあ》さんはせめてちづるがお嫁《よめ》さんに行《い》くまで生《い》きていたかった……それが、あと一《ひと》月《つき》だなんて……
一ヶ月以内に相手をみつけるんだ！
お母《かあ》さんは、あと一《ひと》月《つき》生《い》きている間《あいだ》に、少《すこ》しでもちづるちゃんを楽《たの》しませてあげようと決心《けつしん》しました
今日《きょう》はお母《かあ》さんと一緒《いっしょ》に映画《えいが》でも見《み》に行《い》かない？
本当《ほんとう》?!
久《ひさ》しぶりね映画《えいが》なんて
今日《きょう》はちづるちゃんのおたんじょう日《び》です
Happy Birthday
ケーキというよりUFOです
かざりつけもしてくれるやさしいお母さん
おたんじょう日《び》おめでとうはいプレゼントよ
ありがとうお母《かあ》さん
TAILOR

わーっ!
レインコートだわ!
ちづるほしがってたでしょう

← 前髪の分け方が顔の向きによってちがう描き方があったのです

どう?にあう、かしら

まあ よくにあってよ とてもすてきだわ
と……とても

すでにヒトダマが……

← 足、細すぎ

どうしたのお母さん…なぜないたりするの?

床!?じゃなくて 別ゴマの効果なのね.

どこへ行《い》くのお母《かあ》さん
ごめんなさい すぐかえって来《く》るからね
うれし… そうなちづるを見《み》てお母《かあ》さんはたえきれず…… 思《おも》わず夜《よる》の道《みち》へとび出《だ》すのでした
さりげなく貧乏さ描写
よけい心配させるんだってば
おや?
どうしたんだろう あの人《ひと》は まさか川《かわ》へとびこむつもりでは…

失礼ですが何かわけがおありのようですね

よかったら私にお話し下さいませんか…? 私は弁ゴ士で……
北村と申します

見ず知らずの人に声をかけられ、お母さんは何度もためらっていましたが、とうとう思い切ってその北村さんに、すべてを話してしまいました……

◎夜な夜な悩める人を捜しては相談料をかせいでいる……

うーむ……お気のどくに……さぞお悩みのことでしょう

しかしもう一度別の医者にみてもらったらいかがですかまちがいかもしれません

でも……

私のしりあいに有名な医者がおります

今からそこへ行きましょう

❀今、何時だよ!

北村さんの知りあいのお医者にお母さんは再び診察をうけました

診察のけっかはあとでお話しますしばらく廊下でお待ち下さい

❀蝶ネクタイの医者もあやしすぎる〜

たしかに「余命一カ月」はまちがいだったわけだが…

すでにショック死していそうな母

で…では……やっぱり私は……‼

ぁぁ

！

す、すみません…おくさん…うそをついてしまって…

善人っぽいがだめな医者だと思う

いいえ先生…いいんです私は死んだってかまわない……ただ…ただちづるが……

つかのまの喜び——ふたたびお母さんは悲しみにしずまねばなりませんでした…それは、深い深いすくいようのない悲しみでした

弁護士というだけでうれしがるなよっ！

かんべんして下さいかえってあなたを失望させるけっかになってしまいました

いかがでしょうか……？もしよろしければ

私にちづるちゃんをひきとらせていただけませんか

えっ

おじさん、惚れたね

で…では、ちづるを私の死んだあとずっとそだてて下さるのですか?

でもそれではあんまり

あなたさえよければ私は喜んでそうさせていただきます

いかがでしょう?

🌸 北村さん、家族の意見は?

よろしいちづるちゃんの事は私におまかせ下さい!

それでは…

あの…もう一つおねがいがあるのですが……

私はどうしてもちづるに本当の事が言えないのです
何度も何度も本当の事を言おうとしました…でもやっぱり言えないのです

🌸 きっと父親のこともウソついてるね、この母

それでちづるには私が死ぬのでなく、どこか外国へ行ってしまうということにしていただきたいのです

🌸 子供に現実を直視させる方がのちのちのためになると思いますが…

わかりましたちづるちゃんもその方が幸せでしょう
悲しいうそですが……

神様も、このうそはきっとおゆるし下さるでしょう

🌸 神さまって便利〜

わぁ　きれいだわぁ
お母《かあ》さんとハイキングに来《こ》れるなんてちづる幸《しあわ》せよ
……
実《じつ》はねちづるにお話《はなし》があるんだけど……
なあにお母《かあ》さん

ゆいけるかっ!!
南極より遠いところ……
お母《かあ》さんは今度《こんど》外国《がいこく》へ行《い》くことになったの
ええっ!お母さんが外国《がいこく》へ?!
どこ?フランス?アメリカ?南極《なんきょく》かな?
もっともっとずっと遠《とお》いところなの
わかんないなでも早《はや》く帰《かえ》って来てね
ちづる一人《ひとり》っきりでさびしいもの
それが……だめなの……お母《かあ》さんはね……もう、とうぶん帰《かえ》れないのよちづるが大人《おとな》になるまで
だからそのあいだ、ちづるはやさしいおじさんのお家《うち》でくらすのよ…とても大《おお》きなお家《うち》で何《なん》でもあるの

北村家《きたむらけ》はとてもりっぱな
おやしきです
北村《きたむら》のおじさんもとても
やさしい方《かた》でした
←耳なしダッコちゃん。パチモノです。
でも新しい服は買ってもらえないみたいです
さあ、ちづるちゃん 港《みなと》までお母《かあ》さんを おくりに行《い》こう
お母《かあ》さんが外国《がいこく》へ行《い》く日《ひ》です。ちづるちゃんは、おじさんと一緒《いっしょ》に港《みなと》へ行《い》きました…小雨《こさめ》の降《ふ》る午後《ごご》でした
何《なん》とした事《こと》でしょう 船《ふね》はもう港《みなと》をはなれはるかに去《さ》って行くところでした ちづるちゃんは思《おも》わず大声《おおごえ》でさけびました
お母さーーん!

⑩北村さん、せめてお母さんの最期を看取ってあげてください。このままのたれ死にですか？悲しすぎます。

のたれ死に↓ニュースになる↓ちづる、テレビでニュースを…

刊行付記

・本書の底本は『愛の讃歌』（昭和二九年　ポプラ社）を使用しました。
・底本の明らかな誤植・脱落と思われる箇所につきましては、最低限の修正をおこないました。
・本書のなかに、人権擁護の見地から、今日使用することが好ましくない表現がございますが、作品の書かれた時代背景に鑑み、そのままにしました。
・本書カバー絵の松本昌美氏、挿絵の内田雅美氏、ふろくまんが「小雨降る日に母さんは…」の作者小池きよし氏のご連絡先についてお心当たりの方は、ゆまに書房編集部までご一報いただければ幸甚です。

（ゆまに書房編集部）

監修者紹介

唐沢俊一（からさわ・しゅんいち）

1958年北海道札幌市生まれ。作家、大衆文化評論家。近年はテレビ番組『トリビアの泉』（フジテレビ系列）のスーパーバイザーも務める。著書に『脳天気教養図鑑』（幻冬社文庫、唐沢なをきとの共著）、『古本マニア雑学ノート』（ダイヤモンド社・幻冬社文庫）、『トンデモ一行知識の世界』（大和書房・ちくま文庫）、『すごいけど変な人×13』（サンマーク出版、ソルボンヌK子との共著）、『壁際の名言』（海拓社）、『裏モノ日記』（アスペクト）などがある。1995年に刊行された少女小説評論『美少女の逆襲』は、近々ちくま文庫より増補改訂版が刊行される予定。

愛《あい》の讃《さん》歌《か》

少女小説傑作選
カラサワ・コレクション③

2003年11月1日　初版第一刷発行

著　者　水谷《みずたに》まさる
監　修　唐《から》沢《さわ》俊《しゅん》一《いち》
漫画監修　ソルボンヌK子

発行所　株式会社ゆまに書房
〒101-0047
東京都千代田区内神田2-7-6
電話　03(5296)0491(営業部)
03(5296)0492(編集部)
FAX.　03(5296)0493

発行者　荒井秀夫

印刷
製本　第二整版印刷

ISBN4-8433-0736-X C0393